Françoise Bourdin a le goût des personnages hauts en couleur et de la musique des mots. Très jeune, elle écrit des nouvelles ; ainsi, son premier roman est publié chez Julliard avant même sa majorité. L'écriture se retrouve alors au cœur de sa vie. Son univers romanesque prend racine dans les histoires de famille, les secrets et les passions qui les traversent. Elle a publié une trentaine de romans chez Belfond depuis 1994 – dont quatre ont été portés à l'écran –, rassemblant à chaque parution davantage de lecteurs. Françoise Bourdin vit aujourd'hui dans une grande maison en Normandie.

Retrouvez toute l'actualité de l'auteur sur :
www.françoise-bourdin.com

BM BLUES

DU MÊME AUTEUR
CHEZ POCKET

L'HOMME DE LEUR VIE
LA MAISON DES ARAVIS
LE SECRET DE CLARA
L'HÉRITAGE DE CLARA
UN MARIAGE D'AMOUR
UN ÉTÉ DE CANICULE
LES ANNÉES PASSION
LE CHOIX D'UNE FEMME LIBRE
RENDEZ-VOUS À KERLOC'H
OBJET DE TOUTES LES CONVOITISES
UNE PASSION FAUVE
BERILL OU LA PASSION EN HÉRITAGE
L'INCONNUE DE PEYROLLES
UN CADEAU INESPÉRÉ
LES BOIS DE BATTANDIÈRE
LES VENDANGES DE JUILLET *suivies de* JUILLET EN HIVER
UNE NOUVELLE VIE
NOM DE JEUNE FILLE
SANS REGRETS
MANO A MANO
D'ESPOIR ET DE PROMESSE
LES SIRÈNES DE SAINT-MALO
LE TESTAMENT D'ARIANE
DANS LES PAS D'ARIANE
SERMENT D'AUTOMNE
DANS LE SILENCE DE L'AUBE
COMME UN FRÈRE
BM BLUES
UN SOUPÇON D'INTERDIT

Françoise Bourdin
présente
GALOP D'ESSAI

FRANÇOISE BOURDIN

BM BLUES

ROMAN

belfond

MIXTE
Papier issu de sources responsables
FSC® C003309

Pocket, une marque d'Univers Poche, est un éditeur qui s'engage pour la préservation de son environnement et qui utilise du papier fabriqué à partir de bois provenant de forêts gérées de manière responsable.

ISBN : 978-2-266-25956-9

Aux deux filles les plus merveilleuses du monde :
les miennes.

1

Hugo ouvre les yeux et sa conscience émerge avec peine du trou noir où elle s'était engloutie. Il bouge ses jambes, dans un réflexe de survie qui le pousse à fuir.

L'image nette du camion – avec sa rampe de phares au-dessus de la cabine – se superpose à la réalité de ce qui l'entoure. Il gémit de terreur, roule sur le côté et tente de se relever.

En rafale, les visions de cauchemar l'assaillent. La route luisante de pluie, avec la calandre du trente tonnes venant à sa rencontre. Les bruits éclatent ensemble, stridents et confondus : freins qui hurlent d'impuissance, klaxons bloqués, vitres brisées, tôles déchirées.

Hugo est retombé à plat ventre, le visage dans la boue. Il respire avec difficulté. Il sait que les sons n'existent plus que dans sa mémoire, que l'accident est terminé et qu'il est vivant. Il prend appui sur ses mains et sur ses genoux pour se soulever, dans le sursaut d'une nausée. Il vomit sans douleur, la tête pendant entre les bras. Il n'a aucune force pour lutter contre le vertige qui le plaque au sol. Il subit une interminable sensation d'évanouissement. Happé par une nouvelle syncope, il met plusieurs secondes à surmonter sa défaillance. Quelque chose d'obsédant rampe à l'intérieur de lui-même, affleure, puis se fraie un passage jusqu'à devenir compréhensible.

— Isabelle !

Hugo voulait crier mais il n'a que balbutié. Ce murmure heurte pourtant son esprit avec violence et lui rend sa lucidité. Il se traîne jusqu'au bord du talus et découvre la Porsche en contrebas, déjà attaquée par les flammes. Il accomplit un effort considérable pour se lever, persuadé qu'il n'y parviendra jamais.

En état de choc, il ne ressent qu'un total épuisement qui ralentit tous ses gestes. Il enregistre d'un coup que l'épave brûle et qu'une silhouette gesticule au milieu du brasier. Il se met à courir sans l'avoir décidé, mais il ne franchit que quelques mètres avant de tomber. Des mains se sont accrochées à ses jambes. Il se débat, obnubilé par l'urgence, tendu vers Isabelle qui reste prisonnière de l'enfer.

Les bras qui le retiennent se sont serrés autour de lui, des doigts s'enfoncent dans ses cuisses.

— Ne bouge pas, chuchote la voix rauque et sifflante de son père contre son oreille. Tu ne peux rien pour elle, la voiture va exploser.

Hugo se redresse sur un coude et balance son poing, au jugé. Le coup rend un bruit sourd mais l'étreinte de Charles ne s'est pas relâchée.

— C'est ta fille ! hurle Hugo qui se dégage et se relève.

Il fait deux pas, reçoit un choc sur les épaules et se retrouve à terre, suffoquant sous le poids de son père. Il lutte en silence, avec une énergie soudaine qui tourne aussitôt à la violence meurtrière. Les secondes qu'il perd le rendent fou. Il réussit à faire basculer Charles, qui s'accroche à lui et qu'il traîne.

Le bruit, la lumière, le souffle de l'explosion les immobilisent net. La carcasse de la Porsche a volé en éclats.

Hugo parvint à résister jusqu'à l'enterrement d'Isabelle. Enterrement, c'était beaucoup dire, car il se demanda ce qu'on avait bien pu mettre dans le cercueil de sa sœur.

Il résista donc, muré dans un silence hostile dont personne ne sut le tirer. Charles raconta ce qu'il voulut. Il s'en tint d'ailleurs à la vérité. La sienne ! Isabelle était morte mais il avait sauvé Hugo. C'est ce qu'il croyait et ce fut ce qu'il dit.

Il n'expliqua pas pourquoi il avait tenu à conduire mais il précisa qu'il était au volant, son fils à côté de lui et sa fille à l'arrière. Il soutint que le camion avait foncé sur eux. De toute façon il n'avait pas subi d'alcootest. Oubli ou passe-droit de gendarmes complaisants ?

Hugo savait que son père avait bu, ce soir-là. Pas assez pour être ivre, peut-être, mais suffisamment pour vouloir piloter le bolide. Après tout c'est lui qui l'avait payée, cette Porsche de malheur. Comme c'est lui qui, depuis quatre ans, flattait le penchant d'Hugo pour les voitures.

Des mois et des mois de cours sur circuit, avec des professionnels. Mon fils est un vrai champion. Les rallyes et les copains d'Hugo. Des soirées où Charles était comme un poisson dans l'eau. Et le suprême cadeau, cet engin de mort devant lequel Hugo avait fondu de reconnaissance et de bonheur.

Huit cylindres et trente-deux soupapes, trois cent trente chevaux. Isabelle battait des mains. Dieu, qu'elle admirait son frère ! Elle était trop jeune pour savoir que Charles achetait Hugo avec ce cadeau empoisonné. Et que le frère adoré se laissait acheter. Donnant, donnant. Tu reprends mon affaire et je t'offre tes chimères. Les études, c'est pour amuser la galerie, pour flatter ta mère. L'argent, je sais comment on le fabrique. Je te passerai le flambeau, on ne peut pas le laisser s'éteindre, Hugo ! Industriels de père en fils, les usines Chaley sont prospères, tu seras peut-être broyé par le système mais j'ai trouvé ta compensation. La course automobile, ça te dirait ? En attendant que je te cède ma place…

Hugo savait sans savoir, acceptait sans comprendre. « Rien ne résiste à ton père », disait sa mère avec un sourire attendri. Rien ni personne et Hugo non plus, par facilité.

Mais l'inconscience d'Hugo, sa joie de vivre et sa naïveté, sa légèreté de jeune homme heureux, son faux bonheur d'enfant gâté : il vient de les perdre au bord d'un talus, le long d'une route mouillée, une nuit de novembre. Isabelle a tout emporté, tout dévasté. Hugo est aussi mort qu'elle. La seule chose qui parvienne à pousser dans le désert qui l'entoure aujourd'hui, c'est la haine de son père. Pour ne pas être asphyxié, il faut qu'il s'en aille.

Les portes de la morgue claquent avec un bruit lugubre, livrant passage aux hommes des pompes funèbres. Le luxe du cercueil écœure Hugo qui, pourtant, s'y attendait. Sa mère sanglote, au bord de la crise de nerfs, contre l'épaule de Charles. Il y a longtemps qu'Hugo n'a plus la moindre larme à verser. Il a laissé conduire son père. Il a laissé sa sœur brûler vive. Tous les sanglots du monde n'atténueront en rien sa culpabilité.

Drap noir et initiale. Le hayon du fourgon se rabat sur les dérisoires couronnes de fleurs. Hugo tient bon. Il suit l'enterrement comme un chemin de croix. Il est Hugo pour quelques instants encore, et après il essaiera de vivre. Quand le prétentieux caveau de famille aura pris Isabelle pour toujours.

Sous son voile de deuil, le chagrin de sa mère est tragique, authentique et détestable. Elle a jeté des regards désespérés à son fils, depuis quelques instants. Elle sait qu'il est au-delà du malheur, muré dans une souffrance épaisse qui l'isole du monde. Mais elle lit à livre ouvert sur ce masque qu'il aurait voulu impénétrable et, plus que la rancune ou le dégoût, elle y découvre une rupture. Isabelle n'est pas encore sous terre qu'Hugo n'est déjà plus là.

2

Hugo avait vingt-deux ans. Ses valeurs et ses modèles sombrèrent dans l'accident de sa sœur. Sa vie bascula, lui révélant l'absurdité d'un univers dérisoire qu'il rejeta en bloc. Il partit de chez lui, les mains dans les poches, sans avoir prononcé une parole.

Cette mort atroce l'avait précipité dans les ténèbres, le laissant démuni et hagard, poursuivi par l'image de la silhouette gesticulant au-delà des flammes. Il lui fallait payer et expier pour cesser de brûler lui-même.

Il prit donc les six cents euros que contenait son portefeuille et les enfouit dans la poche de son blue-jean. Il décrocha le premier blouson venu, dans sa penderie, saisit du bout des doigts sa carte d'identité et son permis de conduire, laissa délibérément sa carte bleue et son portable puis claqua la porte de la villa de Saint-Cloud.

Rebuté par le soleil qu'il supposait au sud, Hugo prit un train vers le nord. Il agissait sans réfléchir, s'appliquant à ne penser à rien. Lorsqu'il se sentit assez loin de chez lui, il descendit dans une gare dont il ne lut même pas le nom et échoua, au terme de son curieux voyage, dans une petite ville d'une province où il n'avait jamais mis les pieds.

Il savait qu'il devait vite trouver du travail et il dénicha d'ingrats petits boulots. Mais ses rapports avec l'argent, qu'il n'avait pas pour habitude de compter, le trahirent. Et il ne survécut que parce qu'il n'avait besoin – et envie – de rien.

Dans un hôtel de dernière catégorie, il loua une chambre dont il ne remarqua pas l'aspect miteux. Il y mangeait mal, pour quelques euros, chaque soir. Puis il se couchait, toujours dans son étrange état d'hébétude, mais le sommeil le fuyait malgré l'épuisement physique dû aux travaux harassants qu'il effectuait à longueur de journée. Isabelle, chaque nuit, se débattait encore dans les flammes de la Porsche, et Charles le tenait toujours solidement. Ces cauchemars quotidiens le minaient davantage que la vie paradoxale qu'il menait.

Au bout de trois mois, Hugo avait perdu dix kilos, des cernes creusaient ses yeux, donnant à son regard d'or liquide un reflet inquiétant. Il avait l'air d'un jeune homme traqué, en fuite, à la dérive. Il ne restait pas grand-chose de l'image polie, presque lisse, de l'élégant et désinvolte fils de famille. Toutefois, par habitude et pour ne pas sombrer tout à fait, il se lavait et se rasait avec soin chaque matin, remettait les sous-vêtements à peine secs qu'il avait savonnés la veille au soir, puis partait accomplir les tâches stupides et mal payées qui se présentaient.

Il essayait toujours de ne penser à rien, surtout pas à un quelconque avenir. Il attendait que l'intolérable sensation de désespoir qui l'étouffait desserre un peu son étau. Il ne parlait quasiment à personne et fuyait toute tentative de camaraderie de ses collègues occasionnels.

La patronne du bouge où il vivait le surveillait du coin de l'œil, le prenant en pitié. Elle songeait à un chagrin d'amour et, à plusieurs reprises, elle tenta d'engager la conversation. Mais Hugo répondait par monosyllabes ou ne répondait pas. Elle finit par le laisser tranquille, sans pour autant lui ôter sa sympathie. Et ce fut à cause d'elle, à cause de cette matrone pleine de bonnes intentions, qu'Hugo tomba aux mains de Thève Maravilliers.

Hugo avait vécu durant des semaines comme un automate. Il n'avait pas vu les décorations de Noël le long des vitrines. Il n'avait lié connaissance avec personne. Il s'empêchait encore de réfléchir et c'était de moins en moins difficile. D'ailleurs l'ombre d'Isabelle l'accompagnait partout. Avec elle, il égrenait un interminable monologue, fait de souvenirs et de repentirs, dans lequel il se complaisait. Il demandait grâce au fantôme de sa sœur cent fois par jour, expiant sans espoir et sans volonté.

N'ayant pas d'argent à dépenser pour le superflu, il avait dû cesser de fumer et la cigarette – le goût, le geste – lui manquait. Mais il acceptait ce vide supplémentaire, attendant qu'Isabelle veuille bien s'éloigner et le laisser respirer de nouveau.

Janvier glaçait ce coin perdu de Normandie. Hugo claquait des dents toute la journée dans son léger blouson de cuir. Il déchargeait des camions de légumes, rangeait les chariots du supermarché sur le sinistre parking, empilait des cartons vides. Le soir, il se réchauffait tant bien que mal dans la salle à manger minable de son hôtel, sous l'œil toujours bienveillant de la patronne. Il dévorait sans prêter attention aux conversations des alcooliques chroniques qui s'accrochaient au comptoir. La sensation de froid intense finissait par quitter son corps peu à peu mais n'abandonnait jamais son cœur.

Un de ces soirs – et peu importe lequel puisqu'ils étaient tous semblables – la tenancière resta à côté de sa table après lui avoir déposé une assiette de bœuf aux carottes sous le nez. Elle avait coutume de lui servir une double portion car, décidément, le garçon l'émouvait. Elle hésita quelques instants, s'appuyant d'un pied sur l'autre, puis se décida :

— Dis donc…, commença-t-elle.

Mais au lieu de poursuivre, elle lui désigna un homme à l'autre bout de la salle, qui buvait son café debout au coin du bar.

— Si tu sais conduire, petit, il y a une place à prendre, expliqua-t-elle à mi-voix. Six mois d'assurés, avec un bon salaire à la clef !

Elle fit claquer sa langue pour ponctuer son discours. Hugo la considérait avec un étonnement qui la fit rire. Elle se pencha vers lui, énorme et maternelle.

— Tu es toujours à courir après le boulot ! Celui-là est un homme sûr, il paie…

Hugo jeta enfin un coup d'œil vers le bar, mais sans répondre.

— Tu ne sais pas conduire ? insista-t-elle.

Les mécanismes bien rodés d'une éducation sans faille obligeaient Hugo à ne pas manger tant qu'elle restait là. Il avait reposé ses couverts, résigné. Elle lui toucha l'épaule.

— Va lui parler. Qu'est-ce que tu risques ?

Il pesa l'offre quelques instants, puis se leva. Il traversa la pièce et s'arrêta à deux pas du comptoir. Derrière lui, la femme le poussait, et il détesta ce contact.

— Si vous cherchez un chauffeur, moi je vous l'ai trouvé ! claironna-t-elle à la cantonade.

Thève se retourna et fut nez à nez avec Hugo. Il était énorme, trop grand, trop lourd, trop rouge. Ses yeux froids se posèrent sur Hugo puis se plissèrent de rire.

— Tu te fous de moi ? dit-il à la femme par-dessus la tête d'Hugo.

Son regard de banquise effleura de nouveau le jeune homme, puis il s'en désintéressa. Hugo hésitait. Il avait faim et il voulait reprendre son dîner. Mais le mépris de l'inconnu l'avait agacé.

— Dis quelque chose, souffla la patronne dans son dos.

— Que veux-tu qu'il dise !

L'homme avait fait volte-face, de nouveau, d'un mouvement souple malgré sa corpulence.

— As-tu seulement le permis ? ricana-t-il en toisant Hugo.

Le jeune homme hocha la tête, calme, en plantant son regard dans celui de Thève.

— Depuis quand ?

— Quatre ans.

— Et t'as conduit quoi ?

— De tout.

Thève éclata d'un rire tonitruant. Hugo ne bougeait pas. Il n'était ni impressionné ni en colère. Thève dut trouver son attitude trop neutre et il cessa de rire.

— Viens…

Il avait abattu sa main sur l'épaule d'Hugo, qui chancela une seconde.

— Viens voir, allez…

Thève le conduisait vers la porte et Hugo se laissa faire. Le froid le prit à la gorge dès qu'ils furent dehors. Sous le plus proche réverbère, les chromes d'une voiture luisaient.

— La M5, dit Hugo sans réfléchir.

— Au moins, tu sais lire !

Thève avait poussé Hugo vers la BMW.

— Un beau joujou, hein ? Ça vaut un paquet, crois-moi ! T'en avais déjà vu une d'aussi près ?

Il passait une main possessive le long du capot. De l'autre, il tenait toujours l'épaule d'Hugo.

— Elle est gentille, Marthe, mais elle est bête. C'est pas une bagnole pour les jeunes, il faut un sacré coup de volant pour la conduire. Moi, j'ai six mois de retrait. Ils m'ont pris à… tu sais combien ? Dis quelque chose ? À deux cent onze ! Une promenade de santé pour cet engin ! Merde, on caille…

C'est parce que Hugo tremblait sous sa main que Thève avait senti le froid, soudain.

— Vous avez besoin d'un chauffeur pour six mois ?

— Oui. Les flics attendent que je leur rende mon permis. Et moi, si j'ai acheté ce bijou, ce n'était pas pour frimer ! J'en ai besoin, je bouge tout le temps, c'est le métier qui veut ça. Viens boire un coup, gamin, on gèle…

— Je peux la conduire.

— Il n'en est pas question ! hurla Thève.

Hugo n'en tint pas compte et précisa :

— Je sais la conduire.

Thève le lâcha, recula d'un pas et s'appuya à sa voiture comme pour en défendre l'approche.

— Petit con…, dit-il à mi-voix.

Il détailla Hugo des pieds à la tête.

— Que vous êtes cons, vous, les jeunes, répéta-t-il.

Hugo lui rendait son regard, indéchiffrable et lointain.

— Si vous voulez…, murmura-t-il enfin, claquant des dents.

Il se dirigea vers la porte du restaurant mais la voix tranchante de Thève l'arrêta.

— D'accord ! Montre ! Le tour du pâté de maisons et pas davantage !

Il avait voulu exhiber sa fabuleuse voiture et il était furieux de devoir la confier. Il s'énerva contre la serrure et fit signe à Hugo de monter. Il contourna le capot et ne tendit ses clefs qu'une fois installé sur le siège passager. Il observa Hugo tandis qu'il s'asseyait. Il le vit reculer le dossier puis jeter un coup d'œil au tableau de bord.

— Si tu l'érafles, je te démolis, prévint-il d'un ton rogue.

Impassible, Hugo prit la clef et fit démarrer le moteur. Il écouta un instant, enclencha la marche arrière sans la chercher et manœuvra pour quitter le trottoir où Thève avait installé la BM.

Sans nervosité et sans hâte, il fit le tour de l'hôtel et revint devant la façade. Il mit au point mort et patienta, regardant la rue. Thève grogna, au bout d'un moment :

— Sors d'ici, vas-y, roule…

Hugo attendit d'être en rase campagne pour pousser un peu le huit-cylindres. Il n'avait pas conduit depuis des mois. Il ne ressentait aucune appréhension. Rien que le vide habituel.

Thève jetait de fréquents coups d'œil au compteur, au profil d'Hugo et à la route. Il était dans un état de stupeur proche de la rage.

— Tu te débrouilles…

Il laissa arriver le carrefour suivant, puis, lorsqu'il jugea la chose impossible, il cria :

— Tourne à gauche !

La précision du train avant permit à Hugo un savant dérapage contrôlé. Thève siffla entre ses dents, mi-furieux, mi-admiratif. Le calme d'Hugo le surprenait davantage que le virage périlleux qu'il venait de négocier.

Thève avait des défauts, mais il était honnête à sa façon.

— D'accord, dit-il, on rentre. Tu peux ralentir, gamin…

Hugo restait silencieux et attentif. Devant son hôtel, il laissa tourner le moteur et tint la portière ouverte le temps que Thève change de place.

— Si tu veux le job, tu te présentes chez moi lundi matin.

Thève, sans le regarder, lui tendit une carte de visite. Il démarra trop vite et patina avant de lancer la BM dans la nuit.

3

C'était toujours la même raison qui poussait Hugo, le même profond désespoir. Conduire était sans doute le châtiment le plus exemplaire qui puisse se présenter, la pire expiation. Il avait trouvé Thève haïssable et il accepta donc de travailler pour lui. Il n'avait pas de valise à faire. Il fourra ses quelques vêtements achetés au hasard des fripiers dans un sac de plastique et se rendit chez Thève Maravilliers le lundi à la première heure. Il avait quatre-vingts euros en tout et pour tout.

Il dut marcher longtemps sur la route, à la sortie de la ville, car l'entreprise de Thève était à trois kilomètres du dernier faubourg. Il vit, de loin, les bâtiments qui se dressaient, coiffés de fibrociment et surmontés de la gigantesque enseigne : « Maravilliers, travaux publics. » Derrière des rangées d'engins monstrueux, une succession de hangars bourdonnaient déjà de moteurs en chauffe et de cris d'hommes. Hugo finit par apercevoir Thève qui était juché sur une tractopelle d'où il lançait ses ordres d'une voix tonitruante.

En découvrant Hugo, son visage se ferma et il prit son temps pour achever de distribuer ses directives. Malgré lui, Hugo songea à l'usine Chaley où il avait commencé d'apprendre son futur métier d'industriel. Dans les ateliers de son père, même si une ambiance plus feutrée régnait, même si les contremaîtres se chargeaient de tout, il avait parfois perçu la même atmosphère.

— Ne reste pas planté là !

La voix de Thève le prit au dépourvu. Il avait perdu l'habitude de sourire et il n'esquissa qu'un signe de tête.

— C'est ta valise ?

Thève désignait le sac de plastique et Hugo acquiesça, sans hâte et sans ostentation. Thève ne fit pas de commentaire et, de ce geste qui devait lui être familier et qui déplut à Hugo, il posa sa main sur l'épaule du jeune homme.

— Viens avec moi.

Il le poussa vers les bureaux et referma la porte. Les bruits s'atténuèrent. Il n'y avait aucune sympathie entre les deux hommes. Au contraire. Thève avait besoin d'un chauffeur et Hugo lui avait fait une irréprochable démonstration de ses capacités à conduire le beau monstre dont il était si jaloux. Hugo, lui, avait besoin d'argent et de travail.

— Tu es libre ?

Hugo hocha la tête, toujours avare de paroles.

— Tout à fait libre ? Tu devras habiter chez moi. Je te l'ai dit, je bouge sans cesse. Je négocie des chantiers partout.

Thève le toisait. Il attendit deux ou trois secondes puis enchaîna :

— Je te nourris, je te loge, et je te donne mille cinq cents euros en espèces. Mais ce sera de jour comme de nuit, selon mes besoins, sans heure supplémentaire.

Et sans dimanche ! Un forfait, quoi… C'est déjà une histoire qui va me coûter cher en six mois et il n'est pas question que j'y rajoute des charges sociales ! Tu as une couverture quelconque ?

Hugo réfléchit un instant et se souvint qu'il avait toujours sa carte d'étudiant en cours de validité.

— Oui…

— Fais voir ton permis.

Thève tendait une main impatiente et autoritaire au-dessus de son bureau. Hugo lui donna le papier. Thève l'examina, les sourcils froncés. Puis il prit son propre portefeuille, dans sa veste, et y inséra le permis de conduire d'Hugo.

— Je le garde un peu, le temps de vérifier…

Surpris, Hugo chercha le regard de Thève. Il rencontra les yeux bleu pâle, glacés, qui ne lui apprirent rien.

— Tu es engagé.

Thève eut une ombre de sourire. Il ajouta :

— Je ne peux pas dire que tu me plaises, mais je n'ai pas le temps de chercher. Tu t'accommodes de la voiture, c'est le principal. À partir de maintenant, tu me suis comme mon ombre, tu ne poses pas de questions et tu restes à ta place, vu ?

Hugo avait dû faire des tas de choses désagréables, depuis quelques mois, mais l'idée de se lier à un homme comme Thève lui déplaisait vraiment.

Il se contraignit au silence, fort de cette nouvelle habitude. Thève attendit en vain une quelconque protestation. Hugo le déroutait. Il aurait pu lui serrer la main, en guise de conclusion à leur marché, mais il s'en abstint.

— Allons-y…, dit-il en se levant. Commençons par la gendarmerie, plus vite je leur donnerai ce fichu permis et plus vite ils me le rendront. Six mois, bon Dieu, c'est long !

Thève passa devant Hugo qui le suivit, docile en apparence.

Malgré toutes ses réserves, Hugo pensait avoir trouvé une sorte de havre chez les Maravilliers. La maison de Thève était vulgaire, prétentieuse et disproportionnée. Comme son propriétaire, elle affichait une réussite trop rapide et un mauvais goût certain. Thève avait voulu s'embourgeoiser et n'était parvenu qu'à une grossière caricature.

Sa femme, Marianne, était telle qu'Hugo l'avait imaginée, durant le court chemin de l'entreprise à la villa. Sa cinquantaine effacée, ses manières furtives de souris et sa totale soumission à son mari en faisaient une femme à plaindre plutôt qu'une femme méprisable. Ce fut elle qui montra sa chambre à Hugo, dans une annexe de la maison réservée au personnel.

Entre un lit et une table de bois blanc gisait une hideuse carpette. Des rideaux fleuris n'égayaient pas l'étroite fenêtre et une plante artificielle poussiéreuse trônait sur la penderie.

Hugo avait vu pire, depuis qu'il avait quitté le luxe feutré de Saint-Cloud, et il était résigné à tout par avance. Une femme de ménage acariâtre et fatiguée vint lui porter une paire de draps et deux couvertures. Elle lui recommanda d'éteindre le chauffage électrique lorsqu'il partirait travailler, le matin. Elle ajouta, hargneuse, qu'il prendrait ses repas à la cuisine avec eux.

Pour la première fois en quatre mois, Hugo ressentit une vague envie de rire lorsqu'il se retrouva seul. Il était enfin de l'autre côté de la barrière, dans le camp des domestiques qui allaient, il n'en doutait pas, le rejeter à leur tour.

Les premiers jours d'Hugo chez Thève furent sans histoire. D'incessantes allées et venues dans toutes les communes avoisinantes justifiaient la nécessité d'un chauffeur. La BM procurait à Hugo des satisfactions qu'il avait cru pouvoir oublier. Il évitait de penser à l'accident d'Isabelle lorsqu'il était au volant. Thève le surveillait toujours, du coin de l'œil, mais appréciait en connaisseur la souplesse de sa conduite.

Hugo gardait une attitude polie et distante, ne prononçant guère plus de dix mots par jour. Il prenait l'habitude d'attendre Thève avec patience, dans la voiture s'il faisait trop froid. Il y avait trouvé des cartes routières et il étudiait la région pour passer le temps.

Thève donnait des ordres brefs – à gauche, à droite, arrête –, et jamais d'explications. Sa brusquerie délibérée dissimulait une grande curiosité. Hugo était une énigme et Thève détestait les mystères. Il lui fallait toujours comprendre ou se fâcher. Il sentait Hugo flexible mais déterminé, fragile et pourtant invulnérable. Il lui arrivait de se perdre en suppositions, l'air morose. Il observait les mains fines d'Hugo sur le volant en échafaudant des hypothèses.

Au vu du permis de conduire d'Hugo, la gendarmerie avait affirmé que tout était en ordre. Un jeune homme sans casier judiciaire, donc, mais pas sans histoire, Thève en était persuadé. Hugo, comme prévu, était laissé à l'écart par les employés. Que ce soient les chauffeurs d'engins de l'entreprise, la bonne de la maison, le jardinier ou la secrétaire, ils hésitaient à lui parler et même à le saluer, découragés par la froideur d'Hugo et par ce qu'ils devinaient de différent chez lui. Impossible à situer dans la hiérarchie et appelé à disparaître au bout de quelques mois, Hugo était ignoré de tous.

Soucieux de se maintenir dans un silence qui lui convenait, Hugo se contentait de regarder autour de lui avec attention. S'il avait tout ignoré, jusque-là, de ce coin perdu de Normandie, il se sentait capable de s'y intéresser et peut-être même d'y rester. Il ne faisait aucun projet mais l'endroit ne lui déplaisait pas. La tristesse monotone du paysage, les hameaux éparpillés, les prés gelés où un bétail indifférent au froid continuait de paître : tout l'éloignait de son ancienne existence.

Le premier problème auquel il se heurta fut la manie de fumer en voiture de Thève. L'odeur du tabac donnait à Hugo une envie difficile à réprimer. Il n'envisageait pas de demander l'aumône d'une cigarette à Thève, qui ne pensait pas à lui en offrir. Il ne lui était pas possible d'aller en acheter car il ne voulait pas toucher au peu d'argent qui lui restait. Quant à solliciter une avance, Hugo y répugnait comme à une lâche complaisance.

Le second souci auquel il se trouva confronté vint de sa courtoisie naturelle qui lui fit ouvrir la portière de Thève, machinalement, lorsqu'il le vit arriver. Avec fureur, Thève le rabroua :

— Lâche ton numéro de larbin, je suis assez grand pour monter seul en bagnole !

Hugo, désorienté, se le tint pour dit. Il s'était contenté de reproduire une attitude qu'il avait eue mille fois sous les yeux à la sortie des dîners d'affaires où son père le traînait. Il n'était pas doué pour la servilité et il se limita à cet unique essai.

Le manque d'aisance de Thève, peu habitué à la présence d'un chauffeur, faisait qu'Hugo ne trouvait pas sa place auprès de lui. Ainsi, lorsque Thève était retenu à déjeuner par un client, il ne savait que faire d'Hugo et il lui disait d'aller manger de son côté, de se trouver un bistrot. Hugo, bien sûr, ne s'exécutait jamais, faute d'argent. Et, bien que dévorant chaque soir à la cuisine, il restait maigre comme un chat errant.

Le jour où Thève lui demanda s'il n'avait rien d'autre à mettre que son ridicule blouson, Hugo répondit que non, avec simplicité. C'était le genre de repartie qui rendait Thève muet pour une bonne heure. Or il avait envie de parler, étant d'un naturel bavard et s'habituant peu à peu à la présence du jeune homme. Mais toutes ses tentatives se heurtaient à des réponses brèves, polies et neutres. Hugo opposait une réticence évidente aux questions personnelles. La conversation tournait court, à peine amorcée.

Un jeudi soir, tandis qu'Hugo garait la BM, Thève lui avait annoncé qu'il n'aurait plus besoin de lui jusqu'au lendemain. La bonne avait laissé à son intention une assiette, dans la cuisine, et Hugo dîna seul, sans s'asseoir, sous le néon blafard. Il traversa la cour alors que les premiers flocons de neige commençaient à tomber. Sa chambre était froide et il alluma le radiateur. Assis sur le lit, il regarda son blue-jean et constata qu'il était vraiment sale. Au fil de ses emplois successifs, il n'avait jamais eu assez d'argent pour en acheter un autre. Sa garde-robe se limitait à trois paires de chaussettes, deux slips et une chemise de rechange. Il enleva le jean, remplit le lavabo d'eau tiède et prit son savon. Il savait qu'il faudrait un temps fou pour que la toile denim sèche, mais il n'avait plus le choix. Thève l'avait prévenu qu'il ne fallait pas compter sur les dimanches, et il ne s'imaginait pas portant ce pantalon sale jusqu'à la fin du mois.

Ces petits problèmes quotidiens étaient devenus l'unique occupation de ses loisirs puisqu'il n'avait aucun argent à dépenser dans des livres ou dans des journaux. Et la lecture lui manquait au moins autant que les cigarettes !

Il sursauta en entendant frapper et n'eut pas le temps de répondre que Thève était déjà dans la chambre. Sa corpulence semblait occuper tout l'espace disponible. Il restait hésitant, surpris de trouver le jeune homme à moitié déshabillé. Il fut carrément ébahi lorsqu'il comprit qu'Hugo faisait quelque chose d'aussi incongru qu'une lessive.

— On part à cinq heures demain matin… Mais, dis… Qu'est-ce que tu fous ?

Il s'était approché et, penché au-dessus du lavabo, il considérait avec stupeur le jean qui marinait.

— Tu le laves ?

— Je le lave, dit Hugo d'une voix calme.

Thève haussa les épaules puis enveloppa Hugo de son regard glacé.

— Cinq heures, répéta-t-il.

Il quitta la chambre aussi vite qu'il y était entré. « Qu'il est arrogant, ce môme ! » pensa-t-il avec une totale mauvaise foi. Mais il avait perçu une nuance de réelle détresse chez Hugo et il en gardait une impression désagréable. Il fut d'humeur chagrine pour le reste de la soirée et rabroua sa femme sans raison.

Après son départ, Hugo resta songeur un moment.

Il mit ensuite toute son énergie à essorer le blue-jean jusqu'à la dernière goutte. Puis il le roula dans la serviette-éponge, tordit l'ensemble plusieurs fois et déplia enfin le jean sur le radiateur, qu'il monta au maximum.

4

Le lendemain, il faisait encore une nuit profonde et sans étoiles à cinq heures. Hugo avait senti, en traversant la cour, que la neige durcissait. Thève l'avait rejoint dans la cuisine et avait fait lui-même le café. Ensuite ils avaient été jusqu'au garage et Hugo avait laissé ronronner la BM une ou deux minutes avant de la sortir. Son jean, humide aux poches, le mettait mal à l'aise. Thève semblait grognon, emmitouflé dans une canadienne fourrée. Il alluma une cigarette et regarda, dégoûté, ce que les phares éclairaient devant eux.

— Prends la direction de Rouen et vas-y mou, la route ne m'inspire pas.

Sa merveilleuse voiture, dont il ne profitait pas, ne lui faisait pas envie ce matin-là. Il imaginait très bien les inconvénients de la propulsion sur le verglas.

Hugo conduisait avec prudence, attentif mais très détendu. Thève l'observait, toujours fasciné par son calme. Il se demanda pour la centième fois où le garçon avait appris à conduire.

— Quelle est la plus chouette bagnole qui te soit passée entre les mains ? finit-il par demander en ouvrant le cendrier.

— Une Porsche, répondit Hugo qui négociait un virage en douceur.

Thève éclata de rire, sa mauvaise humeur balayée.

— Sois sérieux ! conseilla-t-il.

Hugo n'ajouta rien et Thève espéra vainement la suite. Au bout de quelques minutes, il intima à Hugo l'ordre de s'arrêter. Il voulait ôter sa canadienne dans laquelle il étouffait.

— Putain de temps, dit-il en se rasseyant.

Il avait des flocons sur les cheveux. Hugo attendit qu'il ait refermé la portière pour redémarrer. La BM chassa un peu avant de mordre sur la neige.

— Qu'est-ce qui cloche chez toi, gamin ? Ou tu ne dis rien ou tu dis des conneries. C'est sec, ça ?

Thève avait abattu sa grande main sur la cuisse d'Hugo et l'avait fait glisser jusqu'au genou.

— À peine, constata-t-il d'un air écœuré. Si t'as pas le rond, t'as qu'à parler…

Hugo serra ses doigts sur le cuir du volant, le temps de retrouver son sang-froid.

— Ça ira, articula-t-il enfin.

Il ne voulait pas de compassion et pas de familiarité. Thève lui faisait horreur, par moments. Il se concentra sur la route.

« Il m'emmerde, ce môme, il m'emmerde… », pensait Thève avec fureur. Il prit le petit carnet qui ne le quittait jamais et sur lequel il inscrivait en vrac ses devis et ses commandes. Les essuie-glaces chassaient régulièrement la neige du pare-brise, dans un bruit monotone. Un brusque écart de la BM tira Thève de ses comptes. Hugo remit doucement la voiture en ligne.

— Verglas ? s'enquit Thève.

Des plaques scintillaient dans la lumière des phares.

Hugo avait ralenti l'allure. Thève prit son paquet de cigarettes et en alluma une. Un frémissement imperceptible d'Hugo lui apprit ce qu'il voulait savoir. Il devina le manque rien qu'à la façon de respirer du jeune homme.

— Tu fumes ? dit-il en tendant le paquet.

Mais il se ravisa aussitôt, réalisant qu'Hugo allait refuser, et il lui glissa sa propre cigarette entre les lèvres.

— Lâche pas le volant, plaisanta-t-il en en prenant une autre pour lui.

À la lueur de son briquet, il aperçut le profil d'Hugo dont la joue se creusait sur une inspiration de naufragé. Il rit, sans aucune gêne.

— Accro, gamin, apprécia-t-il.

Hugo souffla la fumée en gardant sa cigarette entre les dents. Il éprouvait une sensation intense, proche du vertige. Isabelle lui avait souvent reproché l'odeur de ce tabac blond qui flottait partout à Saint-Cloud.

Thève s'amusait de la satisfaction d'Hugo comme d'une victoire personnelle. Il était certain d'avoir ouvert une brèche dans les défenses du jeune homme. Il se replongea dans la lecture de son carnet.

Hugo mit en route le dégivrage et entrouvrit sa fenêtre. Cette cigarette le comblait trop pour qu'il n'en soit pas étonné. C'était donc aussi simple, dérisoire et merveilleux, le pur plaisir ?

— Tu vas trouver l'autoroute dans deux kilomètres. Là on sera tranquilles, ils ont dû saler.

L'aube ne s'annonçait pas et la nuit écrasait la forêt autour d'eux.

— Ralentis, t'es dingue…, dit encore Thève sans lever la tête de ses chiffres.

Hugo lui jeta un coup d'œil mais Thève était dans l'ombre.

Hugo avait attendu trois heures devant la mairie, ne sachant pas s'il pouvait s'éloigner. Le jour s'était levé mais il neigeait encore, à gros flocons réguliers. Lorsque Thève le rejoignit, il était presque midi et Hugo était transi. Même si l'ennui n'avait guère de prise sur lui, il avait trouvé le temps long. Thève échangea des poignées de main avec un groupe d'hommes pressés de se séparer.

— Marché conclu ! dit-il en claquant sa portière. Ils sont durs à la détente mais je sais comment leur faire entendre raison !

Il se rengorgeait. Il tapa sur l'épaule d'Hugo avec une désespérante cordialité.

— On rentre ! claironna-t-il.

Hugo quitta la place de la mairie et sortit du village. Il prit la nationale et alluma ses codes. Le ciel s'assombrissait.

— Tu vas voir, ça va geler par-dessus, grogna Thève qui regardait la route.

Hugo sentait la voiture déraper dans tous les virages.

— Combien de temps pour rentrer ? demanda Thève.

— Deux heures au mieux, trois au pire, dit Hugo.

Thève fronça les sourcils. Il réfléchit un moment.

— Bon ! lança-t-il soudain. Assez ri ! Un peu plus ou un peu moins… Arrête-toi là-bas, sous l'enseigne.

Hugo engagea la BM dans le parking que lui désignait Thève, évitant les congères.

— Je te paie un casse-croûte, viens…

Thève était déjà dehors. Hugo le suivit en silence. Le restaurant où ils entrèrent était assez confortable et mal décoré. Thève sortit ses lunettes pour étudier le menu, n'accordant aucune attention à Hugo. Lorsque le serveur arriva, son carnet à la main, Thève lui commanda des escargots et du chevreuil. Puis il posa ses yeux bleus sur Hugo, interrogatif.

— La même chose, dit Hugo d'une voix neutre.

Il n'avait pas ouvert la carte et le regard de Thève se durcit.

— Un cahors, dit-il à l'adresse du serveur.

Il attendit que le vin soit versé, pianotant sur la nappe. Il goûta, clappa de la langue.

— Parfait, apprécia-t-il avec hauteur.

Hugo observait son verre sans y toucher.

— Avec toi, dit Thève, faut se chatouiller pour rire ! Tu as faim, au moins ?

— Très…

Hugo leva la tête et Thève reçut son regard doré, indéchiffrable et lumineux. Ils se dévisagèrent avec curiosité. Ils avaient l'habitude d'être assis côte à côte et le face-à-face les déroutait autant l'un que l'autre. Thève se détourna le premier. Il désigna les clefs de la voiture qu'Hugo avait posées près de son assiette.

— Ça m'emmerde de ne pas conduire, si tu savais…

— Je comprends.

— M'étonnerait ! s'emporta Thève.

Il était décidément antipathique et mal élevé. Hugo soupira.

— Pourquoi un cahors ? demanda-t-il.

Thève resta une seconde la bouche ouverte, cherchant à deviner le sens de la question.

— Tu n'aimes pas ?

L'agressivité de Thève donna envie de rire à Hugo, qui s'en garda bien.

— Ce n'est pas ce que je voulais dire, murmura-t-il.

— Alors ne dis rien !

Thève paraissait furieux. Il avait dû imaginer qu'Hugo serait ravi et flatté de ce déjeuner inattendu. Il ne comprenait pas pourquoi le jeune homme gardait toujours son air distant. Il devinait son amusement et l'interprétait comme une offense.

Hugo hésitait. Il pouvait se lever et partir, planter là cet insupportable bonhomme. Mais pour aller où ? Pour rentrer chez lui ? Pour retrouver son père ?

« Tu as laissé brûler ta fille, salaud », pensa-t-il avec une haine intacte. L'image d'Isabelle s'imposa, le prenant au dépourvu. Isabelle qui avait passé sa dernière soirée à rire. Qui s'était amusée comme une folle dans ce restaurant où Charles avait abusé du champagne. On n'a dix-huit ans qu'une fois. Elle les avait pour toujours à présent.

Les escargots qu'on posait devant lui donnèrent la nausée à Hugo. Il se recula, malgré lui, puis il se maîtrisa. Il prit sa fourchette, résigné. Thève mangeait de bon appétit mais sans voracité excessive. Du coin de l'œil, il continuait à observer Hugo. Les manières du jeune homme l'étonnaient. Il le vit saisir sa pince avec délicatesse et aisance. Sa façon de mâcher, de boire une gorgée de vin, d'essuyer le coin de ses lèvres ou de reposer ses couverts dénotait une habitude maîtrisée.

— D'où viens-tu, au juste ?

Cette fois Thève avait parlé gentiment. La bouche pleine mais gentiment.

— De nulle part, dit Hugo.

Mais il ajouta aussitôt, comme pour s'excuser :

— C'est sans intérêt. De Paris.

— Tu as une famille ?

Hugo ne soutint pas le regard de Thève. La question, brutale, l'avait davantage heurté que toutes les interrogations précédentes.

— Non…

Thève alluma une cigarette sans en offrir à Hugo. Sa serviette était maculée de graisse et de persil.

— Monsieur Maravilliers, dit soudain Hugo, je préférerais vous attendre dans votre voiture.

Thève donna un coup de poing sur la table et quelques consommateurs tournèrent la tête vers eux. Il y eut une seconde de silence dans la salle du restaurant. Thève n'en tint aucun compte. Il se pencha vers Hugo mais parla à voix haute :

— Si tu te lèves, tu peux aller te chercher du boulot ailleurs ! Des chauffeurs, en tapant sur une poubelle il en dégringole des douzaines !

Hugo se cabra, intérieurement, écœuré par la vulgarité de Thève. Il aurait pu se révolter et, avec de simples mots, remettre l'autre à sa place. Depuis son enfance, son père le plaisantait sur son caractère orgueilleux et susceptible. Il aurait fallu qu'il remonte jusqu'à ses souvenirs de lycée pour y trouver d'aussi grossières provocations que celles de Thève. Cependant il renonça à tout avant même d'y avoir réfléchi. Il ne fit pas d'éclat et s'obligea à ne pas bouger parce que l'effort lui coûtait beaucoup. Il s'était voulu solitaire et sans attaches, sans passé et sans but, en tout cas sans possibilité de retour. Se soumettre à Thève constituait la preuve d'un véritable besoin d'argent et de travail. C'était moins éprouvant que de rentrer à Saint-Cloud. C'était surtout un pas vers autre chose.

Il croisa le regard de Thève lorsqu'il se sentit prêt à le faire. Les yeux de glace azurée le défiaient toujours.

— Tu as fait ton choix ?

Hugo hocha la tête, sans parvenir à trouver une réponse adaptée. Thève eut un sourire narquois. Hugo, l'appétit coupé, se contraignit à prendre une bouchée de chevreuil. Il l'avala avec peine. Thève s'était remis à dévorer. Il buvait sec. Il demanda une autre bouteille de cahors.

— Je vais à la chasse, dimanche, annonça-t-il brusquement.

C'était une phrase anodine, même si elle était prononcée avec emphase. Hugo pensa qu'il ne parviendrait jamais à terminer son assiette. Il chipota un moment puis posa ses couverts. Sa mère lui avait rabâché durant des années qu'il était difficile.

Il entendit Thève qui commandait deux tartes Tatin et deux cafés, sans le consulter bien entendu. Il jeta un coup d'œil vers la fenêtre. Le vent s'était levé, au-dehors, et le ciel avait toujours sa triste couleur plombée.

Ils n'échangèrent pas un mot jusqu'au moment où Thève réclama l'addition. Lorsqu'ils traversèrent le restaurant pour sortir, une femme tourna la tête au passage d'Hugo et lui adressa un éblouissant sourire.

Hugo avait souvent pleuré de rage, lorsqu'il était petit, mais il n'imaginait pas renouveler semblable enfantillage à vingt-deux ans. Thève avait l'alcool mauvais. Il accabla Hugo d'inutiles recommandations durant tout le chemin du retour. La route était presque impraticable et il fallut l'habileté consommée d'Hugo pour y maintenir la BM. L'autoroute le soulagea un moment mais la dernière partie du voyage fut épuisante. Hugo était partagé entre l'attention que requérait la conduite, l'humiliation de subir les commentaires ineptes de Thève et la stupeur d'avoir accepté un pareil déjeuner. Il mesurait, de jour en jour, à quel point son existence avait été vaine et privilégiée, à quel point ses parents l'avaient protégé, à quel point il avait ignoré le reste du monde. Il n'avait jamais dû le subir et il en faisait l'amère expérience.

Hugo flottait dans un état qui le troublait. Il était à la fois heureux de sortir de sa longue indifférence et inquiet de se sentir vivant. Thève l'usait mais le sauvait. Près de cet homme étrange il retrouvait des sensations oubliées mais intactes, et en découvrait de nouvelles. Désorienté, il attendait sans trop savoir quoi.

Dès qu'ils furent rentrés, Hugo lava longuement la BM, rinçant au jet le dessous du châssis pour en ôter toute trace de neige ou de sel. Il rangea ensuite la voiture au garage et la sécha avec une peau de chamois. Il s'était absorbé dans son nettoyage, délibérément, pour ne plus penser à rien. Thève le fit donc sursauter en venant lui taper sur l'épaule par surprise, à la fin de la journée.

— Il faut aller à la gare, dit-il, laconique.

Surpris, Hugo reprit sa place au volant pendant que Thève s'installait.

— Tu travailles pour rien, lui fit remarquer Thève, elle sera sale dans deux minutes.

Silencieux, Hugo manœuvra jusqu'au portail.

— C'est ma fille qu'on va chercher, elle revient tous les week-ends…

Thève paraissait rêver, à cette évocation, effleurant le paysage de ses yeux froids. Hugo avait pris le chemin de la gare.

— Petit…, commença Thève sans se tourner vers Hugo.

Comme la nuit tombait, Hugo alluma les phares.

— C'est même pas la peine de te le dire…, poursuivit Thève en prenant son temps entre chaque phrase.

Hugo s'engagea avec prudence sur la place de la gare qui semblait verglacée à la lueur des lampadaires.

— Ma fille, c'est sacré, tu me comprends… Tu me comprends ?

Hugo réalisait sans mal ce que Thève voulait lui dire. Il lui jeta un coup d'œil.

— Oui, répondit-il de sa voix calme.

Le sourire de Thève éclaira son visage de manière inconnue. Il eut presque l'air gentil, soudain. D'évidence, sa fille était ce qu'il possédait de plus extraordinaire.

La BM était arrêtée devant la sortie des voyageurs et Thève en sortit sans rien ajouter. Hugo attendit cinq minutes, le moteur tournant au ralenti. Dès qu'il vit Thève émerger de la gare, une jeune fille emmitouflée de fourrure à son bras, il descendit.

— Mon chauffeur, dit Thève en arrivant devant la BM.

Il avait désigné Hugo d'un geste sec. Laetitia Maravilliers esquissa un salut désinvolte mais, se ravisant, elle dévisagea Hugo avec insistance. Ils ressentirent ensemble le même trouble subit et incompréhensible. Il y eut une seconde de flottement puis Hugo se décida à ouvrir la portière arrière. Thève lui lança un regard aigu. Laetitia s'engouffra dans la voiture.

— Merci, dit Thève entre ses dents.

Et il monta à côté de sa fille.

Hugo s'appliqua à conduire doucement et sans heurt pour quitter la place. Un vent glacial soulevait la neige en surface et la gelait en profondeur.

— Quel temps affreux, ici ! Il faisait presque doux à Paris…

Laetitia parlait vite, d'une voix fluette. Elle racontait pêle-mêle ses amies d'université, les soirées passées à boire, les spaghettis trop cuits et son compte en banque à découvert. Hugo vérifia, d'un coup d'œil, que Thève écoutait bien sa fille bouche bée, comme il le supposait. Alors seulement il se risqua à observer la jeune fille. Il avait beau s'y attendre, il reçut un nouveau choc. Incrédule, il regarda avec plus d'attention les dix centimètres carrés du rétroviseur. Il y apercevait, côte à côte, le père et la fille. Lui, rouge et béat. Elle, ravissante et diaphane, belle comme un rêve.

« Un cauchemar », pensa Hugo, envahi d'une angoisse confuse. Il conduisait mécaniquement, fasciné par la jeune fille.

« Non, se dit-il, pas là, pas tout de suite, surtout pas maintenant… »

Il chercha à reprendre son souffle, il essaya de voir la route devant lui. Mais, noyé par l'évidence de sa découverte, il revenait sans cesse au miroir. Contre l'épaule de Thève, il y avait une jeune fille pour laquelle il était déjà prêt à se damner.

« Impossible… C'est absurde… », songea-t-il, affolé. Mais il savait d'avance que Laetitia allait – venait de – tout balayer. Même et surtout le souvenir d'Isabelle.

« Quelle tuile… », se dit-il encore avec un ravissement imbécile.

La série d'événements qui l'avaient conduit là, derrière le volant de cette voiture, dans un rôle et un monde qui n'étaient pas les siens, lui parut soudain logique. L'accident de la Porsche, sa rupture et son errance, Thève qui allait se dresser devant lui désormais : tout s'enchaînait, tout devenait enfin clair.

Laetitia leva les yeux vers le rétroviseur et sourit. Hugo reçut son regard comme le premier vrai cadeau que l'existence lui offrait. Il la sentait derrière lui, à quelques centimètres, avec une acuité douloureuse. Il perçut le précipice qui venait de s'ouvrir sous ses pieds. Mais de ce danger-là non plus il ne comptait pas se protéger. D'ailleurs, l'eût-il voulu qu'il était bien trop tard.

— Où vas-tu comme ça ? grogna Thève.

Hugo réalisa qu'il avait quitté le village dans la mauvaise direction. Malgré lui, il revint au rétroviseur. Laetitia souriait encore, avec ce qu'il interpréta comme une infinie confiance, une douceur sans limites, une complicité de toujours. Une vague de tendresse le submergea, lui donna l'impression d'étouffer. Il entrouvrit sa vitre, cherchant sa respiration.

« C'est ça, le coup de foudre ? Mais je ne la connais pas ! Elle n'existait pas il y a une heure… C'est ridicule… »

Au prix d'une extrême vigilance, Hugo ramena la BM jusqu'à la villa des Maravilliers. Il leur tint la portière sans les regarder.

— N'en fais pas trop quand même, maugréa Thève en descendant.

— Je range la voiture ? parvint à demander Hugo sans intonation particulière.

— Oui. Nous partirons vers cinq heures demain matin. Le rendez-vous de chasse est loin.

Thève avait jeté sa réponse hâtivement, pressé de suivre sa fille. Hugo le vit entrer chez lui. Il savait qu'à la seconde où Thève surprendrait son regard sur Laetitia, la guerre serait déclarée. Et qu'il n'était pas en mesure de la gagner. Mais pour une fois ses pensées n'étaient plus confuses. Elles s'ordonnaient avec logique autour d'un visage qui n'était plus celui d'Isabelle.

Hugo jeta un dernier coup d'œil vers la façade de la villa. Il ne prêtait aucune attention au froid mordant. Il était sûr que Laetitia, d'une fenêtre ou d'une autre, l'avait cherché des yeux elle aussi. Cette certitude provoqua aussitôt un désir douloureux qu'il n'avait jamais ressenti. Il se recroquevilla sur lui-même, prit soudain conscience du vent glacé et remonta dans la BM.

Charles de Chaley laissa échapper un long soupir. Cécile s'était enfin endormie. Elle n'arrivait pas à réduire la dose des somnifères. D'affreux cauchemars disloquaient ses nuits. Aucune amélioration ne semblait en vue. Charles avait pourtant espéré que les semaines puis les mois calmeraient peu à peu sa femme. Le médecin avait paru confiant. Mais le temps passait sans rien changer.

Il se leva sans bruit et quitta la chambre sur la pointe des pieds. La mort d'Isabelle s'éloignait de lui, tandis que l'absence d'Hugo restait intolérable. Cécile posait cent fois par jour la même question : « Où est-il ? »

Charles parvenait à se taire, se bornant à secouer tristement la tête. Le rapport du détective privé était enfermé dans le coffre-fort de son bureau. Avec l'adresse d'un certain Thève Maravilliers. Mais il était au-dessus des forces de Charles d'en faire état. Il ne pouvait pas trahir Hugo. Il se persuadait que son fils avait besoin de calme et d'oubli. Et, surtout, il ne s'imaginait pas affrontant son regard. Dans lequel il lirait, il en était certain, la même accusation. Hugo le tenait pour responsable de la mort d'Isabelle, Charles le savait.

Il lutta contre la panique qui l'envahissait toujours à cette idée. Il prit la bouteille de whisky, au salon, mais la reposa aussitôt. Boire n'arrangeait rien, au contraire. Hugo lui manquait tout aussi désespérément qu'il manquait à Cécile.

« Tu me juges, petit con, tu me juges… », pensa-t-il.

Il revivait à longueur de journée le drame de l'accident. Il voyait la Porsche exploser. Il sentait Hugo se débattre sous lui. « Je ne t'aurais lâché pour rien au monde… » Il entendait la sirène des pompiers. « Ne me regarde pas comme ça, Hugo… »

Sa maison silencieuse lui faisait horreur. Il avait rangé toutes les photos des enfants. Plus d'Isabelle et plus d'Hugo. « Mais qu'est-ce que je paie, mon Dieu… »

Il n'était pas sûr que son fils veuille jamais revenir. Et il en était déchiré.

5

Hugo, mal réveillé, frileux, buvait son café dans la cuisine. Marianne Maravilliers avait poussé vers lui le sucrier puis lui avait beurré deux tartines d'office. Elle était silencieuse et effacée, comme toujours.

Lorsque Thève surgit, ridiculement accoutré en chasseur, la cuisine parut rapetisser.

— Prêt ? demanda-t-il à Hugo.

Sans attendre la réponse, il ouvrit la porte et l'air glacé s'engouffra.

— J'ai déjà mis les fusils dans le coffre ! annonça-t-il en s'éloignant à travers la cour.

Hugo le rattrapa au moment où Thève s'installait dans la BM.

— Allez, dépêche, j'ai hâte d'arriver, bougonna Thève en bouclant sa ceinture de sécurité.

Hugo se glissa derrière le volant et mit le moteur en route. La casquette de Thève lui semblait vraiment grotesque.

Dès qu'il fut sur la route, Hugo mesura les difficultés qui l'attendaient.

— Ça glisse ? s'enquit Thève.

— Beaucoup…

Thève, sourcils froncés, sentait la BM patiner.

— Arrête-toi et mets les chaînes, dit-il au bout de deux kilomètres. Tu as beau être un as, on va finir par se casser la gueule !

Hugo s'arrêta et alla ouvrir le coffre. Trois étuis à fusils, flambant neufs, l'encombraient. Il prit les chaînes et les déroula à plat devant les roues. Il dut s'allonger dans la neige pour pouvoir les mettre en place. À aucun moment Thève ne l'aida. Quand Hugo remonta en voiture, il souffla sur ses doigts engourdis. Thève le regardait, silencieux et impatient. Hugo démarra.

— Tu prendras la nationale à Vers…, finit par dire Thève.

Il posa son paquet de cigarettes près du levier de vitesse.

— Sers-toi si tu en veux…

Hugo attendit une ou deux minutes avant d'en saisir une et de l'allumer.

— Je n'aime pas tellement la chasse, murmura soudain Thève. J'y vais surtout pour rencontrer des gens et me faire des relations…

Hugo s'efforça de ne pas sourire.

— Dans mon métier, plus on connaît de monde et mieux c'est…

Ils ne croisaient aucune voiture. La plupart des gens avaient dû renoncer à sortir de chez eux. Hugo fumait avec un plaisir manifeste. Thève regarda le profil du jeune homme. Il le trouva beau et s'étonna aussitôt d'avoir pensé pareille absurdité.

Lorsqu'ils arrivèrent au château de Bals, de nombreuses voitures stationnaient devant le perron et des silhouettes s'agitaient dans l'aube. Sourcils froncés,

Thève considéra un moment tout ce mouvement. Il paraissait mal à l'aise et peu pressé d'aller affronter ses compagnons de chasse. Il sentit qu'Hugo l'observait, intrigué, et il se força à descendre de voiture. Il conseilla au jeune homme, de son habituel ton bourru, de se débrouiller pour savoir où se trouvaient les cuisines et d'y rejoindre le personnel. Il garda la clef de la BM pour avoir accès à ses fusils.

Hugo contourna la façade dont il apprécia l'architecture. C'était un ravissant petit château du XVIIIe, bien entretenu et admirablement situé sur une colline boisée. Hugo regarda autour de lui, étonné de trouver tant de charme au paysage. L'image de Laetitia s'imposa aussitôt et il se mit à sourire, comprenant pourquoi il retrouvait le goût des choses.

Il finit par dénicher l'entrée de l'office. Une femme de chambre le conduisit jusqu'à une pièce de service mise à la disposition du personnel étranger au château. Il s'y ennuya quatre heures durant en compagnie d'un chauffeur asiatique avec qui il joua à la belote et qui lui offrit deux cigarillos. Ils furent ensuite rejoints par un Espagnol d'une cinquantaine d'années, en grand uniforme de chauffeur avec casquette et gants blancs. L'essentiel de la conversation porta alors sur les défauts innombrables des employeurs et les mérites respectifs des voitures. Hugo s'amusait franchement à essayer d'entrer dans son personnage et de s'y plaire.

À midi, on vint les chercher pour déjeuner à l'office. Ils y mangèrent très bien, avec les trois femmes de chambre et la cuisinière des Bals. Ils en étaient au dessert lorsqu'on vint prévenir Hugo que Thève le réclamait. Il fut conduit au premier étage jusqu'à une chambre tendue de velours vieux rose. Thève y était assis, incongru dans ses habits de chasse. Dès qu'Hugo eut fermé la porte, Thève lui fit signe d'approcher.

— Tu passes une bonne journée ?

Intrigué, Hugo inclina la tête.

— Tant mieux pour toi ! explosa Thève. Parce que, moi, je suis perdu comme un éléphant dans un magasin de porcelaine !

Il paraissait inquiet et découragé.

— Je suis déplacé au milieu de ces gens-là, soupira-t-il, sincère.

Il posa ses yeux d'azur sur Hugo.

— Dis-moi, gamin… Dans quel verre sert-on l'eau ?

Hugo le dévisagea. Thève était sérieux.

— Dans le plus grand, répondit Hugo doucement.

Il ne souriait pas et attendait la suite. Il devinait la gêne de Thève. Il fit deux pas vers la fenêtre, enfonça ses mains dans les poches de son jean et ajouta, d'un ton neutre :

— Si c'est du bourgogne, le verre a une forme spéciale. Pour du vin d'Alsace, le pied du verre est très haut. Le bordeaux va dans le plus petit des verres. Mais, de toute façon, ici, le vin vous sera servi…

Hugo laissa passer quelques secondes puis enchaîna.

— Ne commencez pas à manger avant la maîtresse de maison et observez quels couverts elle a choisis. Ne dites pas merci au maître d'hôtel. Le plat vous sera présenté à gauche. Ne croisez pas vos couverts mais laissez-les parallèles. Ne jouez pas avec le pain et gardez votre serviette sur vos genoux. Ne fumez pas, même s'il y a un cendrier à côté de vous. Les fruits se mangent avec un couteau et une fourchette. Jamais de pain dans la sauce et…

Hugo s'interrompit et leva les yeux vers Thève qui

l'observait, goguenard en apparence mais terriblement attentif.

— Continue…

— Pensez à parler à vos deux voisines, même si l'une a quarante ans de moins que l'autre ! Ne riez pas trop fort. Soyez le premier à dire que c'est délicieux mais attendez la deuxième bouchée pour ça. Attendez surtout de l'avoir avalée… Et ne parlez pas d'argent, à aucun moment…

Thève se leva brusquement. Il éclata d'un rire forcé.

— Tu en connais, des choses !

Hugo ne releva pas l'ironie.

— C'est tout ce que vous vouliez savoir ? demanda-t-il.

Thève avait cessé de rire. Il dévisageait Hugo.

— Je voudrais bien savoir d'où tu viens… Ce que tu fais, au juste, et de qui tu te caches…

Il avait posé lentement ses questions. Hugo lui sourit, distant. Thève s'approcha et se planta devant le jeune homme.

— Mes bottes sont sales, articula-t-il.

— Sonnez la femme de chambre, répondit Hugo.

Il ne laissa pas le temps à Thève de réagir. Il était déjà à la porte, qu'il ouvrit.

— Je vous l'envoie, lança-t-il par-dessus son épaule, ça ira plus vite !

Il longea le couloir, se trompa d'escalier et parvint dans le hall d'honneur. Il sortit pour contourner les salons de réception et retrouver l'office. Il exposa son problème à la cuisinière, qui envoya aussitôt une jeune femme prendre les ordres de Thève Maravilliers dans la chambre rose.

Désœuvré, Hugo fit une promenade dans le parc,

évitant les allées principales. Il ne s'habituait pas au froid contre lequel il luttait en permanence, depuis quelques semaines.

Soulagé d'avoir réussi à éviter l'affrontement, il refusa de s'interroger sur l'attitude contradictoire de Thève. Il se contenta de supposer qu'un homme comme lui ne pouvait que mal vivre un état d'infériorité momentané. Thève rêvait sans doute en secret d'être un homme respecté et admiré. Or il ne parvenait qu'à être ridicule dès qu'il jouait au bourgeois. Assez malin pour s'en rendre compte, son impuissance à paraître autre chose que ce qu'il était devait l'exaspérer.

Hugo marchait vite, pour se réchauffer, et admirait au passage l'agencement des plates-bandes et des massifs. En d'autres temps, il aurait trouvé l'endroit agréable. Il y aurait passé le week-end avec une de ses petites amies ou avec son père. Charles aimait la chasse. Et Charles était à l'aise partout. Sauf au volant de la Porsche, bien sûr.

Parvenu à la grille du château, Hugo jeta un coup d'œil vers la vallée. Il commençait à aimer ces paysages de bocage et leurs maisons trapues. Décidément, il n'avait aucun regret. Il eut une pensée amusée, presque amicale, pour Thève qui devait être perdu dans son déjeuner d'apparat.

Il se détourna pour remonter l'allée et laissa l'image de Laetitia s'imposer à lui de nouveau. Il lui fallait gagner du temps, éviter les rencontres ou même les regards. Il était vaincu d'avance mais il voulait retarder l'échéance le plus longtemps possible. Elle était la pire merveille qui puisse arriver. Elle existait et il le savait, c'était déjà beaucoup trop. Elle allait le contraindre à se poser des questions et à fournir des réponses. Il fallait qu'il ait réglé ses problèmes avant.

Il regagna la salle des domestiques. Il y but un café et refit une partie de cartes avec ses collègues. Lorsqu'on les appela, vers six heures, la nuit était déjà installée.

Hugo attendit Thève près de la BM. Il le vit prendre congé de ses hôtes, sur le perron, sa casquette à la main. Dans le même coup d'œil, il enregistra la présence d'une silhouette familière. Lorsqu'il comprit qu'il s'agissait d'un homme qu'il connaissait très bien, qui était un des meilleurs amis de son père et qui avait été reçu souvent à Saint-Cloud, Hugo fut pris de panique. Son premier mouvement le poussa à reculer en se détournant. Son cœur battait à grands coups.

— Tu rêves, ou quoi ? dit la voix agressive de Thève derrière lui.

Thève lui avait mis deux perdreaux et deux faisans sous le nez. Hugo tendit la main pour récupérer les corps tièdes et inertes tandis que Thève ouvrait le coffre. Il prit son temps pour ranger le gibier et les fusils, abrité par la carrosserie et surveillant du coin de l'œil l'homme qu'il avait reconnu. Il le vit enfin s'éloigner vers une Volvo.

— Alors, ça vient ? bougonna Thève à côté de la portière.

Hugo s'installa au volant et mit le moteur en marche. Il baissa la tête tant que la lumière du plafonnier resta allumée. Lorsque enfin, dans son rétroviseur, il aperçut la Volvo qui s'éloignait, il laissa échapper un bref soupir de soulagement. Thève lui jeta un coup d'œil.

— On dort là ?

Sa voix était agressive, comme de coutume. Hugo

enclencha la première. Il avait la sensation d'avoir échappé à un péril. Non, vraiment, il n'était pas prêt à rentrer dans son monde, dans son ancienne vie. La place qu'il y avait occupée, jusqu'à l'accident d'Isabelle, lui parut aussi dérisoire que haïssable.

Il rattrapa, *in extremis*, la BM qui s'échappait en chassant dans un virage.

— Quel cirque, cette journée ! grogna Thève.

Il avait jeté sa casquette à l'arrière d'un geste rageur.

— Tous ces ronds de jambe, quand j'y pense ! Ces gens-là me méprisent, quoi que je fasse... Mais le préfet était là, ça valait la peine d'avaler des couleuvres...

Hugo, brusquement ramené à la réalité, eut un élan de sympathie vers Thève.

— Vous êtes content de votre déjeuner ? demanda-t-il avec sincérité.

Thève se méprit sur la sollicitude d'Hugo, qu'il prit pour de l'arrogance.

— Qu'est-ce que ça peut bien te foutre ! Hein ? Ramène-moi à la maison et boucle-la !

Le silence tomba entre eux, abrupt. Mais au bout d'une dizaine de kilomètres, Thève reprit la parole.

— Il n'y a pas de raison que tu paies pour les autres, déclara-t-il.

Il tendit une cigarette allumée à Hugo, qui la prit.

— Je ne suis pas des leurs, seulement, dans ces chasses, ils ont besoin de types comme moi... qui ont du pognon et plein de bonne volonté... Les volatiles que je ramène, je ne les ai pas tués. Je suis un assez mauvais fusil mais je me tiens tranquille dans une battue. On m'invite en riant sous cape parce que je suis sans risque...

Thève ouvrit un peu sa fenêtre. Hugo ne regardait que la route dans la lumière des phares.

— J'ai suivi tes conseils et je m'en suis bien trouvé, pendant ce repas de guignols… Toutes ces manières, je te jure !

Thève haussa les épaules avec une authentique lassitude. Il avait dû faire beaucoup d'efforts, tout au long de la journée.

— Tu n'es pas obligé de me répondre, mais d'où viens-tu, petit ?

— D'une famille que vous rangeriez dans la catégorie des bourgeois, je suppose. Une famille sans le moindre intérêt, monsieur Maravilliers. Leur argent ne les sauve de rien…

À la lueur du tableau de bord, Thève vit briller les yeux d'Hugo. Il perçut de nouveau la détresse du jeune homme.

— Tu as fait quelque chose de mal ?

— Non. Moi, non. Rien…

Hugo ralentit et tourna la tête vers Thève. Distinctement, il articula :

— Je ne veux pas en parler, monsieur Maravilliers.

— C'est ton droit, concéda Thève. Chacun son truc.

Le silence revint, mais plus apaisé que le précédent.

Il était cinq heures lorsque Hugo se réveilla, en sueur et en larmes. Il mit quelques secondes à comprendre ce qui lui arrivait. Il avait rêvé de sa sœur, une nouvelle fois, avec une insupportable acuité. Comme si elle refusait d'être reléguée par Laetitia, comme si elle ne voulait pas lâcher son frère.

— Isabelle, murmura Hugo en se recroquevillant sous ses couvertures.

Il ressentit une telle bouffée de haine pour son père qu'il en eut presque la nausée. Il ne comprenait pas comment sa mère pouvait dormir auprès de lui. Et, tout naturellement, il se demanda enfin comment sa mère supportait de vivre sans aucun de ses deux enfants. Cette question-là n'était plus possible à éviter.

La sensation de solitude et de culpabilité qu'il éprouva en évoquant sa mère augmenta son malaise. Il ne fut plus certain, un instant, d'avoir eu raison de fuir. Oublier, renier ou pardonner n'avait plus de sens, soudain. Le seul fait d'exister n'avait pas de signification. Il fut sur le point de renoncer à tout, y compris à s'en sortir.

La porte de sa chambre, en s'ouvrant à la volée, le fit sursauter. La lumière crue du plafonnier éclaira le décor sinistre qu'il oubliait chaque soir en éteignant.

— Il y a deux cents bornes d'ici à Rouen et il faut que j'y sois dans deux heures. Tu t'en sens capable ?

Thève avait débité sa question sur son habituel ton d'impatience. Hugo s'assit et demanda :

— Il gèle toujours ?

— Non, bien sûr ! Tout fond, c'est une horreur. Je connais les petites routes par cœur. Tu peux le faire ?

— Je peux, dit Hugo en se levant.

Il attrapa son jean, d'une main, et l'enfila à la hâte. Thève lui jeta son pull qui traînait sur l'unique chaise.

— Grouille-toi, lança-t-il en sortant.

Hugo n'eut besoin que de quelques instants pour gagner le garage. Il mit le moteur en route et Thève le rejoignit presque aussitôt. Il tenait son porte-documents et un Thermos. Hugo démarra dès qu'il fut assis.

— Il faut y être à sept heures. Si on voit que c'est râpé, on fera demi-tour en route.

Thève versait du café dans le gobelet du Thermos et le lui tendait.

— Bois ça. Tu iras jusqu'à Pardet et à gauche au carrefour.

Hugo avala le café brûlant en grimaçant.

— Sors-toi les tripes, champion, sinon un gros marché me passera sous le nez ! Ils ont dû penser que je l'apprendrais trop tard pour y aller et ils se sont dédouanés en me téléphonant en pleine nuit, les cons !

Le train de pneus de la BM faisait gicler de la gadoue de part et d'autre. Thève agrippa le tableau de bord, instinctivement, dès les premiers tournants. Hugo doubla un camion puis une Renault qu'ils eurent à peine le temps de voir. Thève jeta un coup d'œil au compteur et s'accrocha à sa ceinture de sécurité. Hugo fit plusieurs appels de phares et grilla un stop sans ralentir. Thève ouvrit la bouche mais la referma sans avoir prononcé une parole. Les dérapages contrôlés d'Hugo le laissaient muet et il se tassa sur son siège. Les cinq cent soixante chevaux du moteur rendaient une sonorité extraordinairement inquiétante. Thève se contraignait au silence, sans donner la moindre directive à Hugo. Il aurait été incapable, il le savait, de conduire à cette allure de dément sans sortir de la route. La maîtrise d'Hugo le sidérait.

Concentré mais à l'aise, le jeune homme paraissait jouer avec la disponibilité du huit-cylindres. Il n'avait pas éprouvé de plaisir depuis trop longtemps et il était séduit par les réponses parfaites de la mécanique qu'il sollicitait sans réserve.

— Cette voiture est une merveille, dit-il entre ses dents.

Thève ne répondit rien, plaqué à son dossier par les accélérations successives. Hugo ne ralentissait qu'à l'approche d'un radar, grâce à l'avertisseur Coyote qui les lui signalait. Lorsque Thève vit l'aiguille du compteur incliner vers deux cent trente, sur la nationale, il ferma les yeux.

— Tu me fous la trouille, murmura-t-il de façon presque inaudible.

Le rire bref d'Hugo ne fit qu'augmenter l'inquiétude de Thève.

— Verrières ou Saint-Bleu ? lui demanda le jeune homme.

— Verrières, répondit Thève d'une voix rauque. Et tu auras cinq ou six kilomètres de virages sur la départementale.

La circulation se faisait moins rare, l'aube approchant. Il s'était mis à pleuvoir et il ne restait que quelques plaques de neige dans les champs.

Hugo marqua une hésitation, puis choisit d'accélérer et de doubler un tracteur. Il se rabattit juste à temps. Le semi-remorque qu'ils croisèrent klaxonna avec fureur. Thève regarda sa montre pour ne plus regarder la route.

Ils furent un peu retardés en arrivant dans la banlieue de Rouen, mais Hugo arrêta la BM devant l'adresse indiquée par Thève alors qu'il n'était pas sept heures.

— Vous avez dix minutes d'avance, dit-il d'une voix réjouie.

Avec des gestes lents, Thève défit sa ceinture de sécurité.

— Dix minutes… Je crois que je vais les passer à dégueuler…

Il tendit le Thermos à Hugo.

— Il n'a pas dû avoir le temps de refroidir…

Il posa son paquet de cigarettes sur le tableau de bord.

— Garde ça aussi…

Il ouvrit la portière, saisit son porte-documents et descendit. Hugo le vit fouiller dans sa poche de pantalon. Thève jeta sur le siège qu'il venait de quitter un billet de vingt euros.

— Va bouffer, dit-il, la réunion durera un bon moment.

Il s'éloigna d'une démarche mal assurée, sans avoir repoussé la portière.

6

À partir de ce jour, leurs rapports changèrent. Thève avait eu beau tempêter, sur la route du retour, et protester qu'il ne subirait plus jamais pareille conduite suicidaire, il en avait conçu une sympathie secrète pour Hugo. C'était bien la première fois de sa vie qu'un « jeune » lui en mettait plein la vue. Il ne suffisait pas d'être un écervelé, même doué et inconscient, pour réaliser l'exploit qu'Hugo avait accompli. Thève devinait qu'une réelle expérience des grosses cylindrées et des circuits était nécessaire avant de parvenir à une telle maîtrise. Il cessa donc, sans en avoir conscience, de mépriser Hugo.

Leur intimité forcée, dans l'espace restreint de l'habitacle, les obligeait à un effort de compréhension. Le choix qu'Hugo semblait faire du silence ne gênait plus Thève. Par habitude, il posait encore quelques questions, mais sans s'offusquer de ne pas obtenir de réponse. En contrepartie, le manque total de curiosité d'Hugo était somme toute reposant.

Chaque vendredi, ils allaient chercher Laetitia à la gare et l'y ramenaient le dimanche. Hugo faisait des efforts méritoires pour ne pas la regarder, fût-ce à la dérobée. Il parvenait ainsi à garder ses distances, respectant en apparence le désir de Thève. Il sentait les yeux de la jeune fille posés sur lui, tout le temps qu'il conduisait, et il aurait donné n'importe quoi pour pouvoir se retourner et lui sourire. Mais il n'avait même pas n'importe quoi à offrir, il le savait. Et il était forcé d'attendre, avec le même désespoir que celui des enfants qui voudraient se réveiller déjà grands.

Dès le lundi, Thève revenait à l'avant de la voiture et retrouvait sa familiarité. Le calme d'Hugo l'agaçait toujours mais il ne pouvait plus mettre un nom précis sur sa colère latente. Tout comme il ne pouvait se défendre d'une certaine admiration. Thève avait fini par comprendre qu'Hugo appartenait à la catégorie détestable de ce qu'il appelait la bourgeoisie : un genre d'individus qu'il enviait au moins autant qu'il les méprisait.

Dans le désert affectif où il se trouvait depuis quelques mois, Hugo se laissait aller à bichonner la BM et même à lui parler, certains soirs, en la nettoyant. Il sentait bien que, peu à peu et malgré lui, la vie reprenait ses droits. Le désir obsédant et ébloui qui le ramenait sans cesse à Laetitia en était la preuve. Toutes les questions qu'il avait occultées jusque-là ne pourraient pas être différées indéfiniment.

Il y avait tout juste un mois qu'il travaillait chez Thève lorsqu'il reçut son premier salaire : quinze billets de cent euros pliés dans une enveloppe brune. Il se découvrit riche avec plaisir. Il trouva un moment pour aller s'acheter un blue-jean, un blouson chaud et une cartouche de cigarettes. Il rangea le reste avec sa carte d'identité et se souvint que Thève ne lui avait pas rendu son permis de conduire.

Il dut emmener la BM au garage du village pour une révision de routine et il resta dans l'atelier à côté du mécanicien tout le temps que durèrent les divers contrôles. Il s'était entiché de cette voiture, l'idée l'amusait. Mais, à travers elle, c'était bien à Thève qu'il était lié. Et il était certain, sans avoir besoin d'y réfléchir, qu'il ne rentrerait jamais chez lui.

Le temps était moins maussade, depuis deux ou trois jours, et un faux air de printemps égayait ce dimanche de février. Hugo passait l'aspirateur sur la moquette de la BM lorsque la voix de Laetitia lui parvint :

— Bonjour, Hugo ! lança-t-elle en pénétrant sous le hangar.

Surpris, le jeune homme lui adressa un signe de tête et continua son nettoyage. Elle s'approcha, tendit la main vers l'aspirateur et appuya sur l'interrupteur. Le bruit de soufflerie, en s'arrêtant, installa comme une intimité entre eux. Hugo se tourna vers elle et attendit.

— Vous êtes l'homme que je ne dois pas voir, à qui je ne dois pas parler, qui vient de nulle part… Pourquoi vous acharnez-vous sur cette voiture ?

Elle dévisageait Hugo sans chercher à atténuer sa curiosité, son intérêt, et déjà sa tendresse. Il dut faire un effort pour garder une indifférence apparente.

— Mademoiselle Maravilliers, commença-t-il sérieusement, mais il se mit à sourire.

— Oui ?

— Je crois que votre père n'aimerait pas vous trouver ici…

— Tiens, vous parlez français ! Finalement, vous n'êtes ni muet ni aveugle, alors ?

Elle riait et il avait envie de la toucher.

— Papa fait de vous le grand méchant loup, ajouta-t-elle.

Il ne l'écoutait pas, trop occupé à la regarder.

— Dans le rétroviseur, dit la jeune fille, je ne vois que vos yeux. Le reste va avec !

Elle fit encore un pas, celui qui les séparait. Le souffle coupé, Hugo eut le courage de s'éloigner un peu. S'il posait la main sur elle, il savait qu'il ne pourrait plus jamais la lâcher.

— Que ferez-vous lorsqu'on rendra son petit papier rose à papa et qu'il reprendra le contrôle de ce monstre ?

Elle promenait ses doigts sur la carrosserie de la voiture, dans un geste déçu.

— Je chercherai une autre place, murmura Hugo.

Elle lui adressa un nouveau sourire, moqueur et attendri, puis elle se détourna.

— Au revoir, Hugo ! lança-t-elle par-dessus son épaule.

Il la regarda s'éloigner. Elle avait une adorable silhouette menue. Il pensa à Isabelle et reprit son aspirateur d'un geste nerveux. Il se demanda par quoi il lui faudrait passer avant d'obtenir Laetitia. Il avait touché le fond une fois et il ne voulait pas y retourner. Surtout pas avec elle. Puisqu'il avait découvert – à quel prix ! – que la chose au monde qu'il haïssait le plus était la lâcheté, puisqu'il n'avait pas pu supporter celle de son père, il ne lui était pas possible d'aborder le problème Laetitia autrement que de front.

Problème, et de taille, puisque Thève allait vouloir le tuer, évidemment ! En tant qu'Hugo de Chaley, fils bien né à l'avenir assuré, il aurait peut-être eu une chance. Hélas, c'était le seul rôle qu'il ne jouerait jamais plus, il en était certain. Mais, en tant que chauffeur occasionnel, jeune homme au passé douteux et à l'avenir incertain, Thève le balaierait sans la moindre hésitation.

Hugo soupira. Oui, il cessait d'être indifférent à tout lorsqu'il pensait à Laetitia. Mais il ne faisait que troquer une obsession pour une autre. En le guérissant d'Isabelle, Laetitia le condamnait quand même.

« Je la veux mais il n'est pas temps », se dit-il, incapable d'entrevoir une quelconque solution.

De la fenêtre de sa chambre, Cécile voyait les arbres nus de l'allée. Le soleil lui fit cligner des yeux.

— Il reviendra forcément, disait Charles derrière elle, d'une voix ferme. Il reviendra lorsqu'il sera en paix avec lui-même.

— De quoi vit-il ? Où est-il ? murmura-t-elle.

Elle n'obtenait jamais de réponse à ses questions, mais elle les formulait cent fois par jour.

— J'ai peur pour lui, ajouta-t-elle.

Elle entendit le soupir de Charles. Il fit le tour du fauteuil et vint s'interposer entre sa femme et le soleil.

— J'ai confiance en lui, Cécile ! Hugo n'est plus un adolescent, il peut se débrouiller n'importe où. Il a une volonté de fer.

— Il en usera pour ne jamais revenir !

Elle s'énervait et Charles secoua la tête, désolé.

— Ne crois pas ça…, commença-t-il.

Elle ne lui laissa pas le temps de poursuivre.

— Pourquoi ne donne-t-il aucune nouvelle ? Une simple carte postale me suffirait ! Comment peux-tu supporter de ne pas savoir ? Fais-le rechercher ! Trouve-le !

Elle s'interrompit, étouffée par un sanglot. Charles lui prit la main et la serra.

— Cécile, chuchota-t-il, Hugo est majeur, il peut disposer de sa vie…

— Mais qui te dit qu'il est vivant ? Ou alors que lui as-tu fait pour qu'il nous haïsse à ce point ? Réponds !

Elle suffoquait à travers ses larmes. Charles hésita mais parvint à se taire. Il prit la boîte de tranquillisants qui était posée sur un guéridon. Il donna une gélule à sa femme et lui servit un verre d'eau. Il la regarda boire. Elle avait maigri depuis la mort de sa fille. Et elle ne prononçait jamais ce prénom d'Isabelle. Il semblait qu'il n'y ait plus qu'Hugo à qui elle puisse penser, jour et nuit. Hugo qui la punissait de manière insupportable – visant son père et atteignant sa mère –, qui la faisait dépérir dans un désespoir sans fin.

« Salaud… », pensa Charles avec une absolue sincérité.

Le froid revint par surprise. Le radiateur d'Hugo avait beau fonctionner au maximum, la température de sa chambre ne dépassait guère les douze degrés. Il gardait pourtant une stricte hygiène, se lavant chaque matin et savonnant ses vêtements chaque soir avec la même constance appliquée. Il n'était pas plus loquace qu'avant, même s'il lui arrivait de répondre d'un sourire aux plaisanteries aigres-douces de Thève. Il sentait revenir une à une des sensations oubliées de colère ou de frustration, de désir ou de mélancolie. Il retournait au monde des vivants malgré lui, hypnotisé par la seule pensée de Laetitia, mais il ne parvenait pas à imaginer quel allait être son avenir et de quelle façon sortir du piège où il s'était enfermé. Lorsque l'idée de ses parents ou de Saint-Cloud s'imposait à lui par surprise, il en concevait toujours la même haine impuissante, le même rejet. En conséquence il attendait, accablé, ne sachant de quel côté se tourner.

Thève le voyait choyer la BM du coin de l'œil, tout comme il le voyait dévorer à table et maigrir quand même. Il n'ignorait rien des sourires que sa fille adressait à Hugo chaque week-end. Il observait le jeune homme avec la patience d'un chat devant un trou de souris. Et il était certain d'avance du résultat.

Leurs incessants voyages les obligeaient parfois à déjeuner ou à dîner ensemble dans un de ces restaurants que Thève affectionnait et dont il relevait les noms sur son guide. Cette bible de la gastronomie ne quittait pas la boîte à gants de la BM et Thève y avait recours avec obstination malgré quelques cuisantes déceptions. Il se faisait une idée précise de ce que devait être un bon repas : d'énormes quantités d'une cuisine familiale. Mais il voulait aussi le luxe du décor et l'obséquiosité des serveurs. Les prix exorbitants de certaines cartes lui semblaient même un gage de qualité tant il avait besoin d'accéder à un monde dont il n'était pas issu.

Il surveillait Hugo, durant ces tête-à-tête improvisés, à l'affût des manières délicates du jeune homme. Il relevait les moindres détails de son comportement et la parfaite éducation d'Hugo le fascinait au moins autant qu'elle l'exaspérait. Il y voyait toujours une arrogance déplacée. Aussi devenait-il agressif, malgré lui, dès qu'ils étaient assis face à face. Le sommelier ou le maître d'hôtel donnaient invariablement raison à Hugo pour ses choix. Et aussitôt Thève haussait le ton et intervenait avec toute l'impolitesse et la provocation dont il était capable. D'une phrase, il remettait Hugo à sa place d'employé.

Lors de ces pénibles affrontements, Hugo pliait toujours, cédait et se réfugiait dans le silence. Il n'éprouvait ni colère ni rancune à l'égard de Thève. Il ne pouvait pas lui en vouloir de tenir pour réel le rôle qu'il lui jouait. Il s'y soumettait donc sans amertume, décidé à subir jusqu'au bout la forme d'expiation qu'il avait choisie.

De façon paradoxale, jamais Hugo ne ressentait la moindre appréhension au volant de la BM. Quelles que soient les conditions climatiques ou la nervosité de Thève, Hugo était à l'aise derrière un volant. Il n'avait pas conduit la Porsche, le soir de l'accident, et ses prouesses quotidiennes de chauffeur étaient comme une leçon qu'il dédiait à son père. Le seul prénom de Charles lui donnait toujours la nausée. Et les flammes d'Isabelle brûlaient encore sa rétine à certains moments.

Alors qu'ils rentraient, un soir, Thève retint Hugo dans le garage.

— J'ai quelque chose à te demander…

Il avait pris le bras du jeune homme, de sa poigne énergique. De l'autre main, il lui tendait une carte de visite.

— Demain matin, tu vas aller en ville et tu vas acheter des fleurs. Tu les porteras à cette adresse et tu les remettras en main propre…

Hugo vit Thève se troubler. Il saisit la carte et la mit dans la poche de son blouson. Thève sortit son portefeuille et en extirpa quelques billets. Hugo les empocha sans faire de commentaire.

— Bien entendu, ajouta Thève en se raclant la gorge, tu fais ça discrètement, tu vois ce que je veux dire…

— Oui.

Sa voix calme agaça Thève, qui n'aimait pas demander de services et qui refusait qu'on le juge.

— On a tous nos faiblesses ! claironna-t-il pour se donner une contenance.

Hugo allait s'éloigner mais Thève le rappela.

— Attends ! Tu n'es pas obligé de le faire !

Hugo le dévisagea, étonné.

— Ça m'est égal, dit-il. J'irai à huit heures. Vous n'ajoutez pas un mot, avec les fleurs ?

Sa question plongea Thève dans la confusion.

— Mais… Non ! Tu diras que c'est de ma part, bien sûr, et ça suffira. Il ne faut jamais laisser traîner d'écrits derrière soi, tu ne le sais pas ?

Son rire gêné sonnait faux.

— Ah, les bonnes femmes ! bougonna-t-il.

Il donna une bourrade amicale dans l'épaule d'Hugo.

— Tu me prenais pour un mari modèle ?

Hugo s'abstint de répondre et Thève finit par passer devant lui pour quitter le garage à grands pas. Hugo le regarda s'éloigner vers sa maison. Il se demanda si son père avait des maîtresses, lui aussi.

Laetitia attendait toujours que Thève soit occupé pour venir rejoindre Hugo. Elle ne restait que quelques instants et prononçait des phrases légères qu'elle ponctuait d'un rire de gamine avant de s'enfuir. Elle était fascinée par le regard doré d'Hugo et ne cherchait pas à s'en cacher. Elle avait décidé de l'apprivoiser et elle savait qu'il était d'accord. Elle ne posait pas de questions, devinant qu'il n'y répondrait pas, et préférait imaginer mille romans fous autour de lui.

Ils se parlaient d'amour sans avoir recours aux mots, faisaient connaissance à travers un sourire échangé. Mais ils restaient conscients, l'un comme l'autre, de la surveillance de Thève et de ce qu'ils allaient devoir mettre en œuvre pour se rejoindre un jour. Leur complicité muette ne les étonnait même pas et paraissait aller d'elle-même comme une évidence. Hugo avait besoin de temps, Laetitia lui offrait d'emblée l'éternité.

À l'issue d'une de ces brèves visites de la jeune fille au garage, Hugo ne fut pas très surpris, un soir, de voir surgir Thève. Au premier coup d'œil échangé, il mesura la rage qui l'habitait. Mais Thève ne passa pas tout de suite à l'attaque. Il fit deux ou trois fois le tour de la BM, silencieux et menaçant, avant de maugréer :

— Ignore-la, petit, ça vaudra mieux pour toi.

— Je l'ignore, répliqua Hugo avec sincérité.

Thève cessa de marcher autour de sa voiture et s'appuya au capot. Il dévisagea Hugo.

— C'est vrai, admit-il, tu n'y es pas pour grand-chose… Je ne suis jamais loin lorsqu'elle vient par ici…

Thève avança et vint se planter devant Hugo.

— Ne fais rien, ne dis rien, ne l'encourage pas. C'est un jeu dangereux.

— Je n'y joue pas.

Hugo se tenait droit, se voulant indifférent au regard glacé et inquisiteur dont Thève l'enveloppait.

— Tu as peur de moi, dit Thève.

Hugo détesta cette évidence et répondit avec calme :

— Non. Je ne veux pas de votre fille.

Il comprit la maladresse de sa phrase trop tard. Il vit Thève qui fronçait les sourcils, qui paraissait chercher sa respiration et qui mit plusieurs secondes à réagir.

— Petit con, cracha-t-il entre ses dents.

Il serrait les poings dans les poches de sa canadienne pour ne pas frapper Hugo.

— Tu choisis toujours le pire, dit-il encore. Tu finiras par avoir ce que tu cherches, je te démolirai, un de ces quatre…

La menace était si réelle et sans affectation qu'Hugo dut faire un effort pour continuer à soutenir le regard de Thève et ne pas bouger. Il ressentait une impression étrange et indéfinissable. Il prit conscience qu'il avait peur, effectivement. Thève dut le comprendre au même instant car il esquissa un début de sourire.

— Pas maintenant, dit-il d'une voix moins dure.

Il se détourna et quitta le garage sans qu'Hugo ait fait un geste pour le retenir. Il aurait fallu qu'il explique les mots qui lui avaient échappé et il en était incapable.

7

Hugo ne comprenait pas ce qui lui arrivait. Rien ni personne ne l'avait effrayé jusque-là. Il avait toujours pu compter sur lui-même et refusait de se découvrir lâche. Il décida qu'il avait fait fausse route en sortant de sa réserve et que, s'il ne voulait pas se heurter à des difficultés inattendues, il devait s'astreindre à un silence prudent.

Thève, de son côté, gardait une sorte de rage froide à l'encontre d'Hugo et ne lui pardonnait pas sa phrase ambiguë sur Laetitia. Sa fille était son bien le plus précieux : il était impensable qu'Hugo ne veuille pas posséder cette merveille. Et Thève en déduisait que la provocation du gamin le visait personnellement. Il devint plus cassant et plus agressif, cherchant à détruire les défenses d'Hugo, qui s'était réfugié dans une totale impassibilité. Ils eurent quelques jours difficiles. Puis Thève fut repris par son travail et sa pression sur Hugo se relâcha.

« Il faut que je le lui dise… », pensait Charles en regardant dormir sa femme. Au moins dire qu'Hugo était vivant. Mais alors Cécile ne cesserait de chercher à savoir où son fils se cachait.

« Et elle voudra le voir, lui parler… » Charles refusait d'imaginer ce qu'Hugo pourrait apprendre à sa mère.

« Il doit m'en vouloir… » Il soupira et se tassa dans son fauteuil. La grande maison luxueuse somnolait autour de lui. Il pensa aux deux étages inutiles désormais. À la chambre d'Isabelle, tendue de soie pâle, dont la porte était fermée à clef. À celle d'Hugo, où rien ne manquait.

« La fuite en avant… C'est ce qu'il a toujours pratiqué, au fond… »

Depuis le départ de son fils, Charles se torturait d'inutiles questions et tirait trop tard les conclusions d'une éducation ratée.

« Je l'ai flatté, acheté, et il s'est laissé faire… Il profitait et se dérobait… Il n'aurait jamais repris l'usine, il n'avait que sa passion des circuits ! Pourquoi l'ai-je encouragé ? C'est moi qu'il flattait, en réalité, j'inverse les rôles… »

Hugo adoré des femmes et n'en aimant aucune, si jeune et toujours à l'aise.

« Surtout dans une voiture de course ! Il était fait pour piloter et rien d'autre… »

Hugo grand frère protecteur qui prenait son rôle au sérieux, et qui se donnait des allures de fils modèle avec sa mère.

« Et si froid, si lointain… Déjà absent… »

Charles se leva sans bruit. Cécile bougea un peu dans son sommeil. Il ne comptait plus les nuits blanches depuis la mort de sa fille. Il alla jusqu'à la cuisine – moderne, impeccable – et but un verre d'eau.

Il entendait encore la voix de l'homme qu'il avait payé pour retrouver Hugo.

— Thève Maravilliers est une espèce de gros type impossible, patron détesté et enrichi trop vite. Le genre parti de rien et qui le fait savoir à tout le monde !

Charles ne comprenait pas pourquoi Hugo avait choisi de travailler pour un tel homme.

« Il n'a peut-être rien choisi du tout... Il a pris ce qui se présentait... Là, il y avait une voiture à la clef... Il ne sait rien faire d'autre... »

Son fils transformé en chauffeur ! Domestique chez un parvenu ! Charles sentit une bouffée de colère l'envahir.

« Arrête ça, Hugo, reviens... »

Il éteignit la cuisine et se réfugia dans son bureau. À qui pouvait-il penser sinon à ses enfants ? Pour Isabelle, il n'était plus temps, non, mais pour Hugo il y avait forcément quelque chose à tenter.

« Il doit bien savoir que je l'ai fait rechercher... Au moins, il s'en doute... Auquel cas c'est moi qu'il punit... »

Charles était sans illusions. Poursuivre Hugo était la seule erreur à ne pas commettre.

« Vois jusqu'où tu peux descendre, mon fils... »

Écrasé d'angoisse, il regarda autour de lui comme s'il cherchait à quoi se raccrocher dans son luxueux cadre de vie.

Thève observait Hugo mais ne parvenait pas à reproduire ses gestes. Hugo détachait l'huître sans faire grincer la fourchette et sans se salir les doigts. Thève but l'eau de mer de la sienne mais n'évita pas un vilain bruit de succion. Il jeta la coquille sur la glace pilée et ronchonna :

— Dieu que tu m'agaces !

Hugo lui jeta un coup d'œil surpris et cessa de manger. Thève lui fit comprendre, d'un geste, de ne pas tenir compte de ce qu'il venait de dire. La matinée avait été bonne et Thève était encore sous l'excitation du contrat qu'il avait signé.

— Plus que quatre mois à te supporter et tchao, gamin ! Je récupère ma bagnole et j'en profite enfin…

Il s'amusait tout seul.

— En rentrant, tu feras le détour par le village et tu me déposeras chez qui tu sais.

Jovial, il avait pris l'habitude de se confier à demi-mot, comme s'il tenait l'avis d'Hugo pour nul. Les haltes chez sa maîtresse, deux fois par semaine, étaient un rituel. Hugo l'attendait, sans commentaire au retour, et sans jamais chercher à prévoir combien de temps durerait l'attente.

— À la tienne ! dit Thève en heurtant de son verre celui d'Hugo.

Il savait que le jeune homme n'avait aucune vie privée puisqu'il le surveillait constamment.

— Les femmes ne t'intéressent pas ? avait-il suggéré en se mettant à table, sans obtenir de réponse.

Hugo avait tenté, à deux ou trois reprises, d'aller faire un tour à pied au village. Mais il n'y avait rien à voir et rien à faire qu'écouter les conversations de comptoir dans l'unique café-tabac. À chacun de ses retours, il avait trouvé Thève furieux et piaffant près de la voiture, invoquant quelque impérieux rendez-vous surprise. Hugo avait donc renoncé à toute velléité d'indépendance.

Le serveur déposa la brochette de lotte devant Hugo. Thève regarda son steak au poivre puis l'assiette d'Hugo.

— Fais goûter, dit-il en tendant la main au-dessus de la table.

Hugo lui passa son assiette et Thève l'entama gaiement.

— C'est fade, déclara-t-il après deux bouchées.

Hugo récupéra un plat qui ne ressemblait plus à rien. Il jeta un coup d'œil à la lame du couteau, couverte de sauce, et renonça à manger. Thève mit quelques minutes à réaliser puis il se racla la gorge.

— J'ai mis la pagaille dans ton truc ?

Hugo lui sourit et Thève ajouta, conciliant :

— Tu veux autre chose ?

Cette soudaine gentillesse toucha Hugo de façon inattendue. Son regard vacilla sous celui, bienveillant, de Thève. Il prit sa fourchette et attaqua sa lotte sans dégoût.

— On part en voyage demain, avertit Thève. Mets quelques fringues dans un sac, on restera absents deux jours.

Hugo acquiesça et but une gorgée de muscadet. Le poing de Thève s'abattit avec fracas sur la table.

— Je ne te demande pas de me faire la conversation, mais tu pourrais dire un mot de temps à autre !

Hugo posa sa serviette sur la nappe. Il prit une profonde inspiration.

— Un des colliers de l'échappement est à changer, dit-il avec flegme.

— Et qu'est-ce que tu attends pour le faire ?

— Je n'ai pas la pièce.

— Tu veux que j'aille la chercher à ta place ?

Ils échangèrent un bref coup d'œil.

— Café ? demanda Thève.

Hugo hocha la tête.

— C'est vraiment passionnant de bouffer avec toi, soupira Thève. Que tu ne veuilles pas raconter ta vie, d'accord. Mais quand même ! Quelle tête d'enterrement tu peux faire ! On dirait toujours que tu viens de perdre père et mère !

La phrase atteignit Hugo en profondeur. Thève le vit pâlir.

— C'est le cas ? demanda-t-il, gêné. Je suis désolé, gamin…

— Ce n'est pas le cas et je ne suis pas un gamin ! répliqua Hugo d'une voix coupante.

Stupéfait, Thève le regardait. Il n'esquissa pas un geste pour l'empêcher de se lever et de partir. Hugo traversa la salle du restaurant d'une démarche que la colère rendait désordonnée. Il émergea sur le parking et alla jusqu'à la BM. Un désir fou de tout planter là le faisait suffoquer.

« Te voilà enfin ! » dirait Charles d'un ton de reproche… Jamais !

Il tendit la main vers la portière. De toute façon, il n'avait pas la clef. Mais subir Thève une heure de plus était au-dessus de ses forces. Il fit demi-tour et se trouva nez à nez avec lui. Les yeux glacés de Thève le firent frissonner. Il recula, d'instinct, et fut arrêté par la carrosserie de la voiture, derrière lui.

— Tu es calmé ? demanda Thève de manière neutre.

— Je vais vous quitter, dit Hugo.

— Va au diable, répondit l'autre avec humeur. Mais, avant ça, tu me ramènes ! Je ne compte pas dormir ici…

Thève avait ouvert. Il prit Hugo par l'épaule et le poussa sur le siège. Il fit le tour de sa voiture en sifflotant. Une fois assis, il tendit la clef à Hugo.

— Qu'avez-vous fait de mon permis ?

Thève tapota la poche de sa veste.

— Il est là et je le garde. Je ne peux pas te confier ma voiture sans un minimum de garanties, tu serais capable de partir avec !

Il ponctua sa phrase d'un claquement de langue. Puis il posa sa grosse main sur le tableau de bord, d'un geste possessif et spontané.

— Tu sais ce que ça représente pour moi, cette charrette ? Tu as une idée de ce que ça coûte ? C'est un caprice de fin de vie mais je n'ai pas pu attendre. Des dizaines de briques dans une bagnole… Ma femme a cru que j'étais devenu fou quand je l'ai commandée ! Il n'y a que Laetitia qui se soit amusée à me voir piaffer pire qu'un gamin. J'ai dû poireauter six mois avant de toucher la merveille. Ça ne s'achète pas comme une boîte d'allumettes ! Ma fille, tu vois, elle me comprend… Et puis, le luxe, ça ne l'épate pas. Moi, oui… Un monstre pareil, j'aurais même pas osé en rêver il y a dix ans. De la folie pure ! Quand je l'ai sortie du garage, j'en tremblais. Je me suis dit que j'allais m'habituer doucement, faire connaissance, traiter ce bijou comme une jeune mariée. La lune de miel a duré deux semaines ! La première fois que j'ai voulu pousser le moulin, pour voir, ces cons de flics étaient là ! Depuis que je t'ai engagé, je compte les jours… Seulement, même si ça m'emmerde de le reconnaître, cette voiture te va bien. Ou c'est toi qui lui vas, c'est pareil !

Hugo avait écouté la longue tirade avec stupéfaction. Il tourna la tête vers Thève en cherchant quelque chose à dire. Mais Thève s'était mis à rire et inclinait le dossier de son siège.

— Démarre et réveille-moi dans une heure, j'ai sommeil.

La colère d'Hugo s'était diluée, avait disparu. Il regarda Thève qui s'installait pour dormir. Il tourna la clef de contact et écouta un instant le moteur avant de quitter le parking.

Hugo n'était pas prisonnier, après tout. Il pouvait partir. Avec ou sans permis de conduire, et pas obligatoirement pour rentrer chez lui. Même s'il n'était guère facile de trouver du travail, ce n'était pas impossible et il avait à présent un peu d'argent devant lui. Il pouvait partir, oui, mais il resta. Ils firent le voyage. Hugo au volant et Thève à maugréer, pas vraiment mécontents d'être ensemble malgré tout. Hugo dut rester attentif onze heures durant, le regard fixé sur la route, ce qu'il fit sans trace de fatigue. Connaissant la passion de Thève pour sa M5, il ne lui demanda pas pourquoi il préférait traverser la France en voiture plutôt qu'en avion. Ils dormirent dans un hôtel sans charme puis Thève guida Hugo dans les rues de Lyon au petit matin. Il disparut dans un immeuble imposant et y resta trois heures. Lorsqu'il en ressortit, l'air réjoui, ils prirent la route du retour.

Ils arrivèrent juste à temps pour aller chercher Laetitia à la gare. Elle avait invité une amie et Thève se montra sous son meilleur jour. Hugo, lui, s'en tint à son rôle muet et passif.

Le samedi fut calme. Il faisait un beau temps froid

qui se maintint jusqu'au dimanche. À l'heure du déjeuner, Thève appela Hugo. Il avait décidé d'emmener les jeunes filles au restaurant et Hugo les conduisit jusqu'à la meilleure auberge des environs.

En les attendant, il eut envie, pour la première fois, d'écouter la radio. Il alluma le poste de la BM et eut l'impression de tomber sur une planète inconnue. Toute une vie qu'il avait reléguée, occultée depuis des mois, lui sauta aux oreilles.

L'arrivée inopinée de Laetitia le surprit d'autant plus. Elle avait ouvert la portière, côté passager, s'était glissée sur le siège et avait éteint la radio d'un geste.

— Je trouve inadmissible que vous attendiez là, déclara-t-elle en souriant.

Hugo fronça les sourcils, devinant les ennuis en perspective. Il attendit la suite.

— Nous ne sommes plus au Moyen Âge ! Papa vous traite de façon scandaleuse. Venez déjeuner avec nous…

Elle lui souriait, innocente et adorable. Il lui rendit son regard puis il tourna la tête vers le restaurant.

— Vous voulez provoquer un scandale ? demanda-t-il avec douceur.

Elle haussa les épaules, insouciante.

— Venez… S'il vous plaît…

Impuissant devant le charme de la jeune fille, il mit un certain temps à lui répondre.

— Soyez gentille, retournez là-bas… Vos parents et votre amie vous attendent…

Elle n'avait pas l'air de comprendre et il se demanda si c'était la naïveté ou l'audace qui la poussait. Il réalisa qu'il ne savait rien d'elle, mais peu lui importait.

— On en a pour des heures, ajouta-t-elle. Il fait froid dans cette voiture et vous devez avoir faim.

— Non !

Il se décida à quitter la BM et il fit quelques pas. Il vit Thève qui sortait du restaurant au même instant. Ils s'observèrent, de loin, puis Thève le rejoignit.

— Elle est gentille, ma fille, mais elle est loufoque, dit Thève en guise d'explication. Elle t'a invité, c'est ça ?

Il jeta un coup d'œil à Laetitia, toujours assise dans la voiture, puis reporta son attention sur Hugo.

— C'est ça ? répéta-t-il.

— Oui.

— Et tu lui as dit quoi ?

— Je lui ai dit non merci.

Thève éclata de rire. Il envoya un coup de poing à peine amorti dans les côtes d'Hugo, qui eut le souffle coupé. Puis il alla vers sa BM à grands pas. Laetitia baissa la vitre électrique et parut écouter ce que lui disait son père. Elle finit par descendre. Elle fit un signe dans la direction d'Hugo et Thève revint vers lui.

— Tu vas aller déjeuner, dit-il d'une voix contenue. Où tu veux. Prends la voiture. Et prends ça aussi…

Il lui tendait de l'argent. Comme Hugo hésitait, Thève ajouta, entre ses dents :

— Barre-toi ou il va falloir une cuillère pour te ramasser…

Hugo prit les billets et s'écarta. Laetitia, d'où elle était, avait vu son geste. Elle lui sourit.

— Bon appétit ! cria-t-elle.

Elle n'attendit pas son père pour regagner le restaurant. Hugo était plus gêné que Thève et ce fut lui qui murmura :

— Je suis désolé…

— Disparais, grogna Thève, colle-toi une indigestion et reviens dans une heure !

Hugo réussit à ne pas sourire et Thève le planta là après un dernier regard inquisiteur.

Laetitia ayant déclaré que ses parents se comportaient comme des sauvages avec le chauffeur, et ayant cru bon d'ajouter qu'elle trouvait Hugo beau comme un ange, voire comme un dieu, Thève fut pris à son propre piège.

Il ne songeait pas à renvoyer Hugo et il ne put se résoudre à le haïr.

Il ne quitta plus sa fille durant les week-ends, la suivant pas à pas dès qu'elle mettait le nez dehors. Hugo aidait Thève dans la mesure où il fuyait volontiers Laetitia, essayant de se soustraire à ses questions ou à ses rires. Il passait le moins de temps possible à la cuisine, préférant emporter un sandwich pour le manger dans sa chambre lorsque la jeune fille était là. Il comprenait Thève et respectait le père même s'il n'aimait pas l'homme. Il imaginait ce que Charles aurait éprouvé si Isabelle s'était entichée de leur valet de chambre, par exemple.

Penser à Laetitia le ramenait souvent à Isabelle. Avec plus de douceur et moins de désespoir au fil des semaines. D'ailleurs il était impossible d'établir une comparaison quelconque entre Charles et Thève. À tout prendre, Hugo préférait Thève.

8

— Depuis combien de temps le sais-tu ?

Cécile se tenait debout, devant le bureau de son mari, menaçante et maigre à faire peur. Charles baissait la tête, cherchant une réponse qu'il ne trouvait pas. Il n'aurait pas cru Cécile capable d'ouvrir le coffre. Il la pensait trop faible et trop abattue pour avoir une envie aussi incongrue que prendre ses bijoux. Or c'étaient les médailles de baptême de ses enfants qu'elle avait voulu voir et toucher, cette nuit-là. Juste les médailles. Et elle avait découvert, bien en évidence sur les écrins, le rapport du détective. Elle l'avait lu, incrédule et stupéfaite. Elle s'était tue, d'abord, le temps de comprendre et d'accepter la nouvelle. Puis elle avait fini par aller demander des comptes à son mari.

— Depuis quand ? cria-t-elle.

— Calme-toi. Depuis le début…

Elle dut s'asseoir et elle s'accrocha au rebord du bureau.

— Pourquoi ? Oh, Charles…

Il se leva et la rejoignit. Il lui prit la main, sans oser la serrer tant elle lui semblait fragile.

— Parce que tu aurais voulu y aller…
— Bien sûr !
— Et parce qu'il ne faut pas.
Elle tenta de se relever mais il l'en empêcha.
— Écoute-moi, supplia-t-il. Laisse-le, donne-lui le temps d'oublier et de pardonner.
— Il ne fera ni l'un ni l'autre !
— Si, répliqua Charles sans conviction.
— Jamais ! Tu ne le connais pas !
Charles baissa la tête. Connaissait-il Hugo ?
— Il croit que je l'ai empêché de sauver sa sœur…
— Prouve-lui le contraire ! Va le chercher et ramène-le ici. Dis-lui que je vais en mourir…
Elle était pathétique et sa voix s'étranglait. Charles se sentit sur le point de céder.
— Je n'ai plus que lui, chuchota Cécile.
Charles, qui s'était repris juste à temps, calcula qu'il avait besoin de quelques jours pour mettre un voyage sur pied. Il fallait qu'il emmène sa femme très loin. Ils en avaient besoin tous les deux.
— Laisse-moi une semaine, demanda-t-il.
Il voyait les larmes qui coulaient sur les joues creuses de Cécile. Elle parvint à une grimace qui se voulait sourire.
— Pourquoi me mens-tu, Charles ?
Il s'agenouilla devant elle et posa sa tête sur ses genoux. Elle avait toujours aimé Hugo avec démesure et il était conscient de ce qu'elle endurait depuis des mois.
— N'y va pas, n'y va pas, répéta-t-il à plusieurs reprises, terrorisé à l'idée de ce qu'elle allait faire, immanquablement.

— Mes chauffeurs te détestent, dit Thève.

— Vos chauffeurs ?

— Mes conducteurs d'engins, quoi ! Tu es une curiosité pour tout le monde. Il faut avouer que tu n'es pas sociable... Tu sais comment ils t'appellent ?

Hugo secoua la tête, intrigué.

— Le fantôme ! C'est pas mal trouvé, non ?

— Pourquoi ?

Thève émit un sifflement admiratif.

— Pourquoi ? Tu as demandé pourquoi ! C'est bien la première fois que je t'entends poser une question ! Ça t'intéresse ?

— Non.

— Je me disais, aussi !

Hugo doubla un camion et dut rétrograder pour aborder le virage. Thève apprécia le léger dérapage parfaitement négocié.

— Tu t'entends bien avec...

— Avec quoi ?

— Avec elle, tiens !

Thève avait tapé sur le tableau de bord, de son geste joyeux de propriétaire. Il était étonné d'avoir établi un semblant de conversation avec Hugo.

— C'est une merveille, dit Hugo et Thève ne lui demanda pas de quoi il parlait.

Ils étaient aussi déroutés l'un que l'autre de se sentir bien ensemble. La nuit défilait autour de la BM, épaisse et sans étoiles. La lueur des multiples cadrans laissait leurs visages dans l'ombre. Thève tendit la main et alluma le plafonnier. Hugo cligna des yeux.

— La lumière te gêne ?

— Non.

Thève sortit son sempiternel petit carnet et inscrivit quelques chiffres. Lorsqu'il l'eut refermé, il n'éteignit pas aussitôt. Il jeta un long regard à Hugo. Puis enfin, comme à regret, il appuya sur l'interrupteur. Dans l'obscurité revenue, il déclara :

— Ma fille te trouve beau.

Hugo se crispa. Parler de Laetitia ne pouvait qu'exaspérer Thève. Effectivement, ce fut d'une voix plus tendue qu'il poursuivit :

— Elle ne connaît rien de la vie et je veux que ça dure… Je ne crois pas qu'elle travaille beaucoup dans son université, mais je suis certain qu'elle s'y amuse… Elle se fait des relations… Du moins je l'espère ! L'important, c'est qu'elle soit heureuse.

Hugo freina pour laisser à un lièvre ébloui le temps de fuir ses phares.

— Ça m'emmerde que tu lui plaises parce qu'elle est têtue… Très têtue ! Comme moi.

Ils avaient encore une bonne heure de route à faire. Hugo se taisait toujours.

— Toi, tu fais un effort, je le reconnais…

Thève eut un rire désagréable.

— Mais c'est parce qu'elle n'est pas à ton goût, c'est vrai, tu me l'as dit !

Hugo perçut l'exaspération de Thève sous la phrase. Même le silence ne le protégeait pas. Il pensa que le moment approchait.

— Arrête-toi, je veux pisser.

Hugo n'avait pas le choix mais il avait compris que Thève cherchait la bagarre. Il immobilisa la BM sur le bas-côté. Thève descendit et s'éloigna de quelques pas. Hugo décida d'en faire autant. Il s'étira, debout à côté de la voiture, avant de marcher à son tour vers le talus.

— Elle est pourtant très belle, ma fille… Tu ne trouves pas ? interrogea Thève dans l'ombre.

Hugo se taisait toujours, sur la défensive.

— Non ? redemanda la voix de Thève, plus près.

— Si…, dit doucement Hugo.

Il le pensait avec une amère sincérité.

— Ne te crois pas obligé ! Tous les goûts sont dans la nature ! Tu as peut-être connu mieux ? Du temps de ta fameuse Porsche ?

Hugo savait qu'il ne s'échapperait pas. Il se demanda pourquoi Thève avait attendu si longtemps. Puis il sentit sa main sur son épaule sans l'avoir entendu approcher.

— Tu fais semblant de ne pas la voir ou tu la trouves vraiment moche ? Non, va, je te connais, tu l'ignores parce que tu en meurs d'envie ! Je me trompe ?

— Oui.

Les doigts de Thève, à travers le blouson, appuyaient sur la clavicule d'Hugo.

— Je ne l'ignore pas. Elle est belle à se damner…

Hugo ne s'interrompit qu'une seconde puis il enchaîna, cédant d'un coup au désir de provocation imposé par Thève :

— Vous n'avez même pas réussi à en faire une idiote ! Je ne la veux pas parce que je ne peux pas l'avoir. Vous vous trompez à tous les coups. Vraiment, je la plains.

Il y eut un court silence, comme un dernier répit.

— Tu… Tu quoi ?

— Je la plains, articula Hugo. Un père tel que vous, c'est un désastre…

Il soupira, libéré de son angoisse. Il sentit la main

de Thève qui glissait de son épaule à son poignet. La douleur qu'il éprouva lorsque l'autre lui tordit le bras fut pire que ce qu'il avait imaginé.

— Il y a une chose que tu ne sais pas encore, souffla la voix rageuse de Thève à son oreille, c'est que si on n'est pas le plus fort, il vaut toujours mieux la boucler !

La joue d'Hugo heurta violemment le capot de la voiture contre lequel Thève l'avait envoyé. Quelque chose de chaud se mit à couler sur sa tempe. Il tourna un peu la tête pour respirer et essaya de se relever.

— Je vais te tuer, dit Thève quelque part derrière lui.

— Minable, riposta Hugo, qui avalait du sang.

Il n'y avait pas de haine entre eux, mais c'était pire. Thève laissa Hugo se redresser. Il l'entraîna dans la lumière des phares.

— Bats-toi, lui dit-il.

Hugo regarda Thève. Il n'avait aucune chance.

— Non.

— Si, tu vas y venir.

Ils laissèrent passer une voiture sans faire un geste pour l'arrêter ni l'un ni l'autre.

— Tu vois ! dit Thève.

Il frappa Hugo sur la pommette, à l'endroit où elle saignait mais sans y mettre toute sa force.

— Jusqu'où faudra-t-il que j'aille pour que tu te décides ?

Sa voix était froide, comme indifférente.

— On peut tout te dire et tout te faire, gamin ? Que tu es lâche…

— Sale con, articula distinctement Hugo.

Il encaissa deux ou trois coups avant de s'écrouler.

Thève le remit debout et le laissa reprendre son souffle. Hugo en profita pour se jeter sur lui par surprise et Thève faillit tomber. Ils luttèrent quelques instants en silence. Hugo avait dépassé le stade de la peur. Il essaya désespérément d'avoir le dessus mais il se retrouva contre le pare-brise et il entendit le verre qui éclatait. Thève le tira en arrière avec violence. Hugo aperçut la lueur meurtrière du regard de Thève et il comprit que son adversaire ne se contrôlait plus. Il n'eut pas le temps de se dégager et il étouffa un gémissement sur une intolérable douleur à la hauteur du foie. Puis il sentit le goudron rugueux de la route contre sa bouche. Il ferma les yeux, épuisé, et ne vit pas arriver la chaussure de Thève.

Lorsqu'il se retrouva sous le pare-chocs de la BM, Hugo fut enfin gagné par la panique. Thève allait le tuer pour de bon, ce n'était plus un jeu. Il roula sur le côté, évita la jante et se releva en titubant. Il parvint à mettre l'espace vital du capot entre eux. Il respirait avec difficulté.

— Souffle, lui dit Thève.

Hugo le surveillait, luttant contre une impression de cauchemar. Thève était beaucoup plus fort que lui. Et plus déterminé.

Hugo cracha et essuya ses yeux d'un revers de manche. Thève s'était mis à bouger mais il le voyait à travers un brouillard rouge. Les mains de Thève furent sur lui la seconde d'après, s'accrochant à son cou. Hugo lutta pour trouver un peu d'air. Il frappa au hasard, avec l'énergie du désespoir, et ne rencontra que le vide. Il heurta de nouveau le capot avant, couvert d'éclats de verre. Le poids de Thève l'écrasait contre la tôle et il perdit connaissance.

Thève se releva, hébété. Il venait de toucher la peau tiède et douce d'Hugo, sous la chemise, en le prenant par la taille, et il s'était arrêté net. Au moment même où ses doigts avaient pris contact avec le corps d'Hugo, il avait retrouvé le sens de la réalité. Étendu contre lui, sous lui, Hugo ne bougeait plus. Avec prudence et lenteur, Thève retira sa main. Il hésita puis la posa sur la nuque du jeune homme.

— Hugo, dit-il d'une voix sourde.

Il se redressa et considéra ses paumes avec horreur. Comme pour se libérer d'un doute, il reprit Hugo par les hanches et le retourna. Il se recula, alla chercher la lampe de poche dans la boîte à gants et éclaira le visage d'Hugo.

— Seigneur Dieu…

Il baissa le faisceau et essaya de réfléchir.

— Putain, c'est pas possible…

Thève se pencha et mit son oreille contre la chemise couverte de sang. Le cœur d'Hugo battait à grands coups irréguliers. Thève alla ouvrir le coffre de la voiture et il y trouva une bouteille d'eau. Il la déversa lentement sur le visage d'Hugo. Ensuite il souleva le jeune homme sans effort et l'allongea par terre, le long des roues, du côté du talus. Il s'assit, fatigué et écœuré. Il attendit quelques instants, cherchant à comprendre ce qui s'était passé.

Au bout d'une ou deux minutes, Hugo bougea et se recroquevilla sur lui-même. Thève ralluma sa lampe.

— Où as-tu mal ? demanda-t-il à mi-voix.

Hugo laissa échapper un gémissement sourd et Thève posa de nouveau la main sur lui.

— C'est fini, dit-il.

Sous ses doigts, la chaleur d'Hugo le rassurait et le troublait.

— Merde, se dit-il à lui-même.

Il savait qu'il avait frappé pour détruire, en y mettant de la force à la fin. Il espéra n'avoir rien touché de vital. La pommette et l'arcade sourcilière continuaient de saigner, le visage était strié de coupures profondes. Mais c'était la respiration sifflante d'Hugo qui inquiétait Thève. Il lui prit le poignet et chercha le pouls, un œil sur le cadran de sa montre. L'artère battait trop vite.

— Tu vas essayer de te lever, petit, chuchota-t-il avec une certaine tendresse.

Il le mit debout sans effort. Hugo s'appuyait contre lui. Thève le repoussa doucement mais dut le rattraper avant qu'il ne tombe. Il finit par l'installer sur la banquette arrière. Comme Hugo claquait des dents, Thève le couvrit de sa canadienne avant de s'installer au volant.

Hugo ouvrit un œil mais l'autre resta fermé. Une migraine atroce comprimait ses tempes et ses sinus. Il vit des flacons sur la table de chevet, au milieu de compresses sanguinolentes. Étonné d'être vivant, il bougea avec précaution. Il n'avait plus froid.

— Le toubib t'a fait des piqûres, dit la voix de Thève. Et des points de suture.

Thève entra dans son champ de vision, énorme silhouette floue.

— Je crois que tu n'as rien de grave. Je n'ai pas voulu qu'on t'hospitalise. Je ne sais toujours pas ce que tu caches et je n'étais pas certain que ça t'arrange… Moi non plus, à vrai dire…

Thève considérait Hugo d'un air consterné.

— Ça va ? demanda-t-il.

— Ça va.

— Tu veux quelque chose ?

— Non.

Thève mit une cigarette entre les lèvres tuméfiées d'Hugo, qui aspira une bouffée.

— Le médecin reviendra demain. Tu n'es pas beau à voir.

Thève se racla la gorge et prit son courage à deux mains. Il débita, d'une traite :

— Je ne te fais pas d'excuses parce que j'avais envie depuis un bon moment de te taper dessus.

Hugo laissa passer quelques instants avant de demander :

— Pourquoi ?

Thève avait décidé d'être sincère, il s'y força :

— Tu as réveillé des trucs oubliés. Tu appellerais ça des démons ? Mais je n'ai qu'une fille…

Thève soupira, soulagé d'avoir parlé.

— Essaie de dormir, conseilla-t-il.

Hugo ferma les yeux. Il attendait le bruit de la porte mais il entendit les pieds de la chaise qui raclaient le sol. Thève s'était assis. Hugo avait trop sommeil pour protester, il sombra.

Thève connaissait bien le médecin du village. Il insista pour qu'Hugo dorme, à coups de piqûres, trois jours d'affilée.

Il décommanda un certain nombre de rendez-vous

et se fit conduire par le moins bête de ses ouvriers – qu'il accabla de remarques acerbes – lorsqu'il fut obligé de se déplacer.

Il inventa, pour Marianne et pour Laetitia, une sombre histoire de bagarre dans un bar, sans donner de précisions. Marianne se contenta de porter à Hugo, deux fois par jour, un repas froid. Elle ne posa aucune question.

Thève ne mit plus les pieds dans la chambre d'Hugo. Couvert d'hématomes mais indemne, le jeune homme récupérait. Abruti par les somnifères, il lui fallut un certain temps pour retrouver toute sa lucidité.

L'affrontement avec Thève, qu'il avait toujours su inévitable, avait brisé quelque chose d'essentiel en lui. Il ne se révoltait pas, rendu à lui-même, enfin libéré de l'infini chagrin qui l'avait miné jusque-là. L'humiliation et la souffrance étaient des sensations trop réelles pour n'avoir pas fait reculer l'image d'Isabelle. C'était pour Laetitia qu'il s'était battu et, en tombant sur plus fort que lui, il était revenu dans le monde des vivants.

Thève s'énervait après un employé trop lent, hurlant ses ordres du fond du hangar. Il regarda sortir le camion chargé de la tractopelle, les sourcils froncés. Et il découvrit avec stupeur la silhouette d'une femme en noir.

Ridicule et fragile au milieu des engins monstrueux qui circulaient, Cécile se frayait un chemin. En quatre enjambées, Thève fut à sa hauteur. Criant sur le bruit des moteurs, il désigna son bureau, une sorte de cage de verre. Il précéda la femme et referma soigneusement la porte derrière elle. Il la dévisagea alors, surpris, et lui avança un fauteuil.

— Vous êtes M. Thève Maravilliers ? murmura Cécile d'une voix douce aux intonations précieuses.

Il hocha la tête, éberlué, s'assit en face d'elle et attendit la suite. Il pensa que cette femme avait dû être belle mais qu'elle était beaucoup trop maigre. Il la supposa malade. Elle ôtait ses gants. Il jeta un rapide coup d'œil au diamant qu'il vit briller.

— Ma démarche va vous sembler étrange…

Thève écoutait, attentif. Quelque chose d'insaisissable lui était familier chez cette femme inconnue.

— Je vous en prie, l'encouragea-t-il.

— Vous avez engagé un chauffeur, je crois, il y a quelques mois…

La voix de Cécile tremblait. Elle s'interrompit et baissa les yeux. Il la vit avaler sa salive et il comprit soudain.

— Hugo ? dit-il seulement pour la laisser poursuivre.

Elle releva sur lui un regard doré qu'il connaissait.

— C'est mon fils.

Thève croisa ses mains, essayant de dominer sa curiosité et son impatience. Il ne voulait pas l'effaroucher.

— C'est un bon chauffeur, déclara-t-il pour lui donner le temps de se reprendre.

L'émotion de Cécile était évidente, palpable.

— Il va bien ?

Mal à l'aise, il esquissa un sourire.

— Il va très bien.

Il pensa qu'il était hors de question que cette femme voie son fils dans l'état où il l'avait mis. Il demanda, presque malgré lui :

— Il a fait quelque chose de grave ?

Elle le regarda bien en face, de nouveau.

— Non, dit-elle. Mais il le croit, c'est pire.

Il eut le courage de ne pas bouger, de ne pas faire un geste. Il fut récompensé parce qu'elle se mit à parler très vite, livrant des bribes d'explication à travers ses phrases décousues. Lorsqu'elle s'interrompit, Thève prit une minute pour réfléchir puis il déclara :

— Il vaudrait mieux qu'il ignore votre visite. Il est majeur, il travaille. Il n'est pas malheureux ici.

Il eut la nette sensation d'avoir proféré une énormité. Il jeta un coup d'œil machinal au-delà de la paroi de verre. Le hangar était désert. Il espéra qu'Hugo dormait toujours.

Cécile l'observait. Les yeux de Thève lui faisaient peur. Elle y lisait une froideur et une détermination désagréables. Elle aurait donné dix ans de sa vie pour apercevoir son fils.

Comme le silence se prolongeait, elle se leva. Thève l'imita aussitôt.

— Ne vous faites pas trop de souci, récita-t-il par politesse. Tout passe…

Elle se détourna, négligeant de lui tendre la main. Ils traversèrent le hangar puis la cour. Devant le portail, une Mercedes blanche attendait. Cécile quitta Thève sans ajouter un mot.

Hugo se sentait bien, presque en forme. Il était descendu de sa chambre, avait traversé la cour et était entré sans bruit dans le garage.

La masse noire de la BM le fit sourire. Le pare-brise avait été changé. Jamais il n'aurait dû céder, même sous les coups de Thève. Mais ils l'avaient heurté, avec violence, au niveau de l'éclat dérisoire qu'Hugo connaissait par cœur, côté passager, et qu'il avait négligé depuis des semaines. Il revoyait cette si petite fêlure qui brillait au moindre rayon de soleil. Thève la lui faisait régulièrement remarquer, mais ils n'avaient jamais le temps de confier la voiture deux jours d'affilée au garagiste.

Hugo regarda le capot et découvrit deux rayures. Il passa une main amusée sur la peinture vernie. Il avait vécu, à cet endroit, des secondes effrayantes.

Il alla s'asseoir, à même le sol de ciment, contre le mur. Il regardait toujours la BM. S'il avait eu peur de mourir, c'est qu'il n'y était pas résolu. Cette idée le rassurait au-delà de toute mesure. Il alluma une cigarette et se mit à réfléchir.

Il n'attendit qu'une dizaine de minutes avant que Thève surgisse. À peine fut-il entré dans le garage que, comme d'habitude, l'espace sembla se réduire.

— Tu es là..., dit-il seulement.

Hugo se leva et ils échangèrent un coup d'œil. Thève avança un peu mais évita de trop s'approcher. Hugo continuait de fumer en silence.

— Bon ! lança Thève au bout d'un moment. Que comptes-tu faire ?

Comme Hugo ne semblait pas comprendre, Thève ajouta :

— Porter plainte ? Partir ? Continuer à travailler ici ?

L'agressivité et la provocation dont il usait ne cachaient pas son malaise.

— Je reste, répondit Hugo avec une désarmante simplicité.

— Ah... Tu restes...

Déconcerté, Thève ne trouvait plus ses mots.

— Ta mère est venue me voir, finit-il par déclarer.

Hugo tressaillit. Il écrasa son mégot sous son talon, avec soin.

— Vous les avez prévenus ? Pourquoi ?

— Que tu es con, soupira Thève. Je ne sais même pas où ils habitent !

— L'adresse est sur mon permis.

— C'est juste… Mais je n'y avais pas pensé.

Hugo fit les quelques pas qui le séparaient de Thève. Il n'avait plus peur de lui.

— Comment va-t-elle ? demanda-t-il.

Thève se souvint que la mère d'Hugo lui avait posé exactement la même question. Il usa donc de la même mauvaise foi pour y répondre.

— Elle va très bien. Elle s'inquiète pour toi. Tu aurais pu leur passer un coup de fil. Si tu étais mon fils, je te jure…

Il s'arrêta parce que cette idée le désorientait. Il dévisagea Hugo.

— Ça s'arrange, dit-il en pointant le doigt vers le visage du jeune homme. Tu te sens capable de conduire ?

— Oui. Je m'ennuie, seul là-haut.

Thève se mit à rire. Ses yeux couleur de glace enveloppaient Hugo d'une lueur amusée.

— D'accord, approuva-t-il. Il est cinq heures. Va boire un café, on partira à six.

Hugo lui sourit et Thève fut le premier à se détourner.

Le plus étrange fut qu'ils reprirent leurs habitudes là où ils les avaient laissées. Hugo ne parlait pas davantage et Thève n'était pas beaucoup plus conciliant. La BM donnait sa puissance entre les mains d'Hugo. Thève surveillait ses chantiers et négociait ses contrats. Mais, sans en avoir l'air, il guettait aussi le visage d'Hugo. Les cicatrices s'estompaient, sauf celle de la pommette qui était profonde et d'un vilain aspect. Les hématomes pâlissaient. Hugo lui paraissait un peu différent. Il le plaisantait sans gêne sur sa tête de boxeur et le jeune homme riait. Ce rire avait quelque chose de si nouveau qu'il décontenançait Thève chaque fois.

Hugo dut répondre aux questions de Laetitia. Il prétendit s'être battu et avoir bu. Passer pour un alcoolique ou une brute lui parut la meilleure solution. Satisfait, Thève apprécia qu'Hugo rejoigne de lui-même cette version fantaisiste. Il ne lui aurait pas demandé de mentir et il fut heureux que le jeune homme s'y résigne de lui-même.

Laetitia ne fut pas convaincue mais elle ne chercha pas à en savoir davantage, devinant que les deux hommes étaient d'accord. Elle était restée interdite devant Hugo, la première fois qu'elle l'avait revu, et, depuis, elle évitait de lui adresser des regards curieux ou apitoyés. Même défiguré, elle l'aimait.

Thève ne comprenait pas pourquoi Hugo était resté. Il avait été persuadé que le jeune homme quitterait l'entreprise Maravilliers en claquant la porte et disparaîtrait à jamais. Ayant fait figure de bagarreur chronique dans sa jeunesse, Thève avait assez d'expérience pour savoir ce qu'Hugo avait dû éprouver. La présence du jeune homme le gênait et l'amusait tout à la fois. Il avait repoussé puis enfoui au fond de sa conscience l'élan de haine pure qu'Hugo avait suscité. De haine ou d'autre chose, il ne tenait pas à s'y attarder. Tel un bélier en action, Thève ne s'offrait pas le luxe d'avoir des états d'âme. Il agissait au plus près de ses instincts, avant de réfléchir, et ensuite il n'y pensait plus. Avoir visé, à travers Hugo, une jeunesse qu'il n'avait plus, une société à laquelle il n'appartiendrait jamais malgré ses efforts, un fils qu'il n'avait pas, une attirance dont il se défendait ou l'homme qui allait lui prendre sa fille, tout cela ne lui vint pas à l'esprit. Il aurait même pu répondre, avec une parfaite honnêteté : « Il l'a cherché. »

Hugo, plus subtil, était assailli de doutes et de questions. Délibérément, il n'y fournissait aucune réponse. Il avait trouvé, au contact de Thève, ce que Charles n'avait pas su lui montrer, ce qu'il cherchait depuis longtemps : une force à laquelle se mesurer. Hugo n'avait jamais eu, dans son court passé, le temps de souhaiter quoi que ce soit. Les choses étaient toujours venues s'offrir à lui. Jusqu'à cette Porsche maudite qu'il ne désirait pas encore lorsqu'il l'avait reçue. Les femmes, autour de lui, ne lui avaient jamais laissé l'espace d'une simple réflexion. Sa mère l'avait choyé, protégé, son père l'avait comblé, devançant ses caprices, et sa sœur l'avait adoré aveuglément. Hugo avait pris, sans joie, l'habitude de sentir l'univers venir à sa rencontre. Il avait vécu – au bord du découragement – dans une totale bienveillance. Son sourire et ses yeux dorés avaient suffi, durant des années, à faire plier le monde devant lui. Sa paresse et son égoïsme étaient nés de ces victoires sans combat. Négligeant l'usine, ignorant l'avenir, il avait mené la plus stupide des jeunesses. Il avait cru aimer la vitesse, ce risque aseptisé des circuits. Il avait cru pouvoir continuer à triompher de tout sans effort.

La mort d'Isabelle, vécue de bout en bout comme un enfer, avait fait exploser le vide où il se mouvait. Au-delà du remords ou de la culpabilité, il s'était vu enfin tel qu'il était : insignifiant et lâche. Donc voué à l'ennui. Mais son errance n'aurait jamais abouti s'il n'était venu buter sur Thève. Cet homme-là lui avait offert toutes les expériences à la fois. Il avait ramené Hugo à ses véritables proportions de jeune homme inconsistant. La leçon avait mis Hugo le dos au mur et il voulait en connaître la fin, désormais, en découvrir la conséquence.

Hugo devait régler tous ses comptes avant de pouvoir tendre la main vers la femme qu'il aimait.

9

— Tu vas leur faire la gueule longtemps ? demanda Thève, un soir de février, alors qu'ils revenaient de Rouen.

— À qui ? s'étonna Hugo, tombant des nues.

— À tes parents, tiens !

Hugo ne répondit pas. Thève reprit :

— Si tu étais mon fils… oui, ce n'est pas une idée qui t'enchante, je suppose, eh bien, je serais venu te chercher par la peau du cou !

— Vous, peut-être, répliqua Hugo à mi-voix. Mais lui, non. Tout lui fait peur.

Thève haussa les épaules.

— À toi aussi ! Vous êtes pareils.

Il vit qu'Hugo serrait nerveusement ses mains sur le volant.

— Remarque, on n'est pas marié avec sa famille !

Hugo se concentrait sur la route. Thève alluma une cigarette et se mit à siffloter entre ses dents. Il commençait à avoir une vague idée de l'histoire d'Hugo dont il tentait de combler les blancs.

— Et l'argent ? demanda-t-il.

— L'argent ?

— Ben oui, l'argent ! Ne joue pas au con avec moi. Tu ne vas pas rester chauffeur à vie, je suppose ?

Hugo eut un geste d'ignorance qui agaça Thève.

— Si tu me dis que tu te fous de l'argent, tu vas encore descendre de deux marches dans mon estime !

Thève n'était pas agressif et il ne s'attendait pas à être interrompu. Pourtant Hugo le coupa, d'une voix sèche :

— Votre estime ? Et en quelle estime me teniez-vous donc pour chercher à me tuer sans un début de raison ?

Thève eut l'impression de suffoquer. Sa fureur éclata et il se mit à crier :

— Tu l'as sur l'estomac, hein ? Vas-y, parles-en, déballe ton sac ! Tu m'exaspères, si tu savais ! Tu ne vois pas, dis, que tu m'exaspères ?

Hugo eut un soupir rageur. Parler avec Thève était toujours une épreuve. Ils se turent pendant cinq bonnes minutes. Sans en avoir conscience, Hugo avait accéléré.

— Ne passe pas tes nerfs sur cette voiture, grogna enfin Thève. Nous en étions à ces histoires d'argent…

Son effort méritoire pour reprendre la conversation désarma Hugo.

— Si ça t'arrange, je te trouverai une place quand tu partiras de chez moi.

Hugo eut un élan de reconnaissance vers Thève, mais aussitôt il pensa à Laetitia. Une tristesse hors de proportion le submergea.

— Tu conduis bien, poursuivait Thève, on ne peut pas t'enlever ça. Et tu es relativement tranquille. J'en parlerai à droite et à gauche…

— Monsieur Maravilliers, je ne sais pas si…

Hugo hésitait et Thève se mit à rire.

— Eh oui, c'est tout ton problème ! Tu ne sais jamais rien ! La seule chose que tu saches, c'est tenir cette voiture en ligne ! C'est pas suffisant pour la vie. D'après ce que j'ai compris, il y a une usine qui t'attend quelque part ? Et toi, tu préfères jouer les larbins en te persuadant que tu fais ce que tu veux, que tu es libre, que c'est toi qui décides… Un vrai môme ! En réalité, l'usine attendra, papa attendra, Hugo fait sa crise…

Hugo blêmit tant l'injure avait touché son but.

— Ralentis, bon Dieu ! hurla Thève.

Hugo parvint de justesse à garder la maîtrise de la dérive provoquée par le virage. Il relança la BM à la sortie de la courbe, tout en demandant avec une rage évidente :

— Vous laisseriez brûler Laetitia devant vous ?

— Quoi ?

Thève lui jeta un coup d'œil intrigué. Hugo tourna la tête et Thève reçut son regard d'or liquide, étincelant d'une haine intacte.

— Mon père l'a fait !

— Non, tu as dû mal voir…

— C'est ce que j'ai vu de plus net depuis que je suis né !

Thève se tut, incapable de trouver une réponse appropriée. Entre ce que cette femme vêtue de noir lui avait confié malgré elle et les bribes de ce qu'Hugo parvenait à dire, il finissait par y voir clair.

— C'est toi qui conduisais ? hasarda-t-il.

— Non, c'est lui.

Thève tendit son paquet de cigarettes à Hugo, qui refusa d'un geste, les dents serrées.

— Raconte, dit Thève.

— Non, répondit Hugo d'une voix sans timbre.

Thève n'essaya même pas d'insister. Il savait qu'Hugo parlerait un jour ou l'autre et ne parlerait qu'à lui.

Hugo recula jusqu'à son lit, inquiet et mal à l'aise. L'intrusion de Laetitia le prenait de court. Il était aussi émerveillé que consterné de la voir se tenir à l'endroit où il la rêvait chaque nuit. Elle restait immobile à la porte de la chambre, souriante mais sans oser avancer.

— Je suis venue puisque vous me fuyez… Vous me mentez, vous m'évitez…

Elle entra, finalement, et Hugo fronça les sourcils. Il la vit, incrédule, refermer la porte avec un soin particulier. Elle alla jusqu'à la fenêtre et jeta un coup d'œil au-dehors.

— Que voulez-vous ? demanda-t-il avec une douceur qui la fit frissonner.

Elle se tourna vers lui et le dévisagea.

— Vous allez mieux, apprécia-t-elle. Il n'y aura bientôt plus que cette vilaine cicatrice…

Elle avança et posa sa main sur la pommette d'Hugo.

— Vous devriez voir un chirurgien, le toubib d'ici a travaillé comme un cochon… Papa devait regarder par-dessus son épaule, je suppose ! Il terrorise tout le monde…

Il sentit les doigts de la jeune fille glisser de sa tempe à sa bouche. Il était incapable de réagir.

— C'est lui, bien sûr ? C'est mon père ?

Elle affirmait plus qu'elle ne questionnait.

— Non, dit-il trop vite. Je n'ai aucune raison de me battre avec lui.

— Vous, peut-être…

Elle le laissa s'éloigner sans chercher à le retenir.

— J'ai envie de vous, articula-t-elle en scandant ses mots.

Il était de dos, prêt à sortir pour la fuir, et il s'immobilisa. Il fit face, lentement, contrôlant son désarroi.

— Vous ne savez même pas de quoi vous parlez, commença-t-il.

Elle l'interrompit, nerveuse.

— Vous croyez ?

Elle était belle à le rendre fou.

— Votre père doit…

— Oubliez-le deux minutes ! coupa-t-elle.

Il essayait de se reprendre mais n'y parvenait pas.

— Venez, murmura-t-elle en lui tendant la main.

Il y avait longtemps qu'il n'avait pas fait l'amour. Il la désirait encore plus qu'il ne l'avait redouté. Il la vit ôter sa veste puis son chemisier.

— Hugo, dit-elle avec une intonation tendre.

Il ne pensait plus à rien, fasciné de la découvrir. Elle portait un soutien-gorge blanc, en coton. Sa peau était claire, lisse. Elle respirait vite, la bouche entrouverte, timide mais déterminée. Hugo luttait désespérément pour ne pas se précipiter vers elle. Il n'avait aucune chance de résister à un désir d'une telle intensité, refoulé depuis trop longtemps et auquel Laetitia mettait le feu avec sa provocation maladroite et attendrissante.

La voix de Thève, dans la cour, les cloua sur place. Il appelait sa fille d'un ton inquiet. Laetitia tourna un regard désemparé vers la fenêtre.

— Il ne viendra pas me chercher ici, dit-elle comme pour se rassurer.

Hugo, d'où il était, put constater que Thève s'éloignait vers le garage.

— Allez-vous-en, supplia-t-il.

Elle traversa la chambre, toujours à moitié nue, et poussa le verrou de la porte. Il ne l'avait jamais fait et il ignorait qu'il y en eût un.

— Vous pensez l'arrêter avec ça ?

Le sourire d'Hugo blessa Laetitia. Elle se laissa aller contre lui et il n'évita pas le contact. Il la respira avec précaution, sachant déjà qu'il allait aimer son odeur comme il aimerait toujours tout d'elle. Mais il trouva le courage de la ramener vers la chaise et de ramasser le chemisier. Il l'aida à l'enfiler. Elle dut remettre les boutons elle-même car les doigts d'Hugo tremblaient.

— Où et quand ? dit-elle d'une voix blanche.

Il ne lui répondit pas et sortit de la chambre sans l'attendre. Il alla jusqu'au garage. Thève ne s'y trouvait plus. Il s'appuya au capot de la BM et alluma une cigarette qui lui donna le vertige. Son désir de Laetitia était toujours aussi brûlant, obsédant, atroce.

Thève savait que Laetitia voulait Hugo. Il ne redoutait rien, certain qu'Hugo ne trahirait pas. Ils n'en parlaient jamais ensemble. Ils retrouvaient leur bonne humeur le lundi matin. Thève se laissait même aller jusqu'à demander des explications sur telle ou telle façon d'aborder un tournant ou d'exploiter la boîte de vitesses. Hugo répondait sans trace d'arrogance.

Malgré leurs efforts pour garder leurs places respectives, une certaine familiarité s'était installée. Thève ne disait pas : « Arrête-toi » mais plutôt : « On mange là ? » Il arrivait qu'Hugo sorte de son habituel mutisme pour dire quelques mots de sa vie passée. Il n'opposait plus un refus systématique aux questions de Thève et à sa curiosité. Le seul être dont il refusait de parler était toujours son père.

En six semaines, le visage d'Hugo était redevenu normal, hormis la vilaine cicatrice de sa joue. C'est ce profil que Thève voyait à chaque instant tandis qu'Hugo conduisait, mais nul remords ne le troublait. Il s'était borné à constater, une fois, que si Hugo avait fait changer le pare-brise en temps et en heure, jamais leur bagarre n'aurait pu se dérouler au milieu des éclats de verre. Hugo en avait ri, se souvenant parfaitement de la folie meurtrière dont Thève avait fait preuve cette nuit-là.

Le printemps approchait, les jours étaient plus longs. Durant une de ces superbes matinées, alors qu'ils roulaient vers Le Havre, Thève demanda :

— Combien de temps vas-tu résister ?

— À quoi ?

— Aux beaux jours, à la facilité, à ta mère, au luxe qui te manque, à ma fille…

Hugo se cabra aussitôt.

— Monsieur Ma…

— Tu vas dire une connerie ! Sûr ! Tu sais… Si tu rentrais chez toi, tu réglerais tout. Et, pour Laetitia, tu n'aurais plus qu'à faire le coup du prince charmant…

Hugo, abasourdi, lui jeta un coup d'œil.

— Non, protesta-t-il avec sincérité. Ce n'est pas ce que vous croyez. Pas si simple que…

— Foutaises ! interrompit encore Thève. Dans deux

mois on me rend le permis. Tu seras mûr pour rentrer dans ta peau.

Hugo médita la phrase de Thève un bon moment, ébranlé par son assurance. Détester Charles – qu'il n'appelait plus que Charles, même en pensée – ne lui faisait pas oublier sa mère. Il songea à l'usine. Il ne s'y était jamais intéressé. Pas davantage aux hommes qui y travaillaient et dont il ignorait les noms et les visages. À quoi s'était-il donc intéressé ? À des bruits de soupapes ou de cylindres. Et encore, par jeu !

— Ton père a de la chance ! lança Thève brusquement.

Hugo tourna la tête vers lui et Thève se mit à rire.

— Ce n'est pas un sujet que tu aimes, hein ! C'est le seul qui te fasse sortir de ton indifférence… Non, écoute, gamin, il a de la chance d'avoir un fils, c'est ce que je voulais dire, c'est tout.

Hugo attendait, perplexe.

— Moi, vois-tu, avec ma fille… Elle ne me succédera pas et je peux juste espérer qu'elle n'ira pas s'enticher du premier chat coiffé… Je ne suis jamais d'accord avec elle mais elle s'en moque puisque je lui passe tout. Il lui suffit de me sourire pour me rendre idiot, elle le sait bien.

Hugo jeta un nouveau regard à Thève. Sa sincérité était évidente, maladroite et touchante.

— Elle te trouvait beau ! J'ai fait ce que j'ai pu pour que ça s'arrête…

Hugo avait rétrogradé pour s'arrêter à un stop. Il se tourna carrément vers Thève. Cette fois, son coup d'œil fut dénué de complaisance.

— Ne récrivez pas l'histoire, dit-il à mi-voix.

— Démarre, répliqua Thève sèchement.

Il était redevenu agressif. Il se tut un moment. Hugo ne parlait pas, ne fumait pas, et Thève ne parvenait pas à fixer sa colère diffuse sur quelque chose. Il croyait impossible qu'Hugo le devine. D'ailleurs il ne savait plus tout à fait lui-même pourquoi il avait voulu massacrer ce garçon. Et il ne tenait pas à ce qu'on le lui explique.

Hugo s'était engagé sur l'autoroute et la BM accélérait sensiblement sa course sur la file de gauche.

— Il faudrait faire le plein, déclara Hugo de son habituelle voix calme.

Thève ne répondit rien. Lorsque Hugo s'arrêta sur l'aire d'une station-service, Thève descendit et s'éloigna à grands pas vers la cafétéria. Il s'y acheta un sandwich qu'il mangea debout devant le distributeur de boissons. À travers la vitre, il observait Hugo. Il attendit que le pompiste soit en train de revisser le bouchon du réservoir pour se décider à regagner sa voiture. Il paya, tenant une liasse de billets d'une main et le reste de son sandwich de l'autre.

— Tu as faim ? lança-t-il à Hugo sur un ton qui décourageait toute réponse.

— Non, dit Hugo en souriant.

Thève haussa les épaules et s'installa dans la BM. Ils reprirent l'autoroute et gardèrent le même silence hostile. À bout de patience, Thève finit par décréter qu'ils allaient déjeuner quand même.

— Parce que moi, j'ai faim ! crut-il bon d'ajouter.

Il fit prendre à Hugo une bretelle de sortie et il n'était guère plus de midi lorsqu'ils se garèrent devant une de ces auberges dont Thève avait le secret : prétentieuse et conformiste.

— Tu fais le menu, décida-t-il en s'asseyant, je te

regarde et je t'écoute ! Montre-moi comment on s'y prend dans ton monde…

Hugo, à peine surpris, connaissait trop Thève pour le laisser s'énerver en pure perte. Il tendit la main vers la carte que le maître d'hôtel lui présentait. Il sentait le regard glacé de Thève sur lui. Il étudia le menu sans hâte excessive.

— Vous préférez le gibier, je pense, murmura-t-il comme pour lui-même.

— À ton idée, dit Thève.

Hugo commanda, très à l'aise, puis choisit le vin avec un soin particulier. Le sommelier le félicita, l'air grave, et s'éloigna.

— Quoi d'extraordinaire ? demanda Thève, maussade.

— Rien. Mais un bourgogne de ce domaine-là et de cette année en particulier conviendra au sanglier mieux que tout autre.

— Ce n'est pas ce que tu lui as dit qui l'a frappé, ce type, mais c'est la manière dont tu le lui as dit ! ragea Thève.

— Non. Si vous le croyez vous avez tort. Paraître ne sert à rien. Il faut savoir.

Thève fronça les sourcils.

— Dis-moi, petit…

Il se pencha vers Hugo pour achever :

— Comment passe-t-on d'un statut de fils de famille à celui de simple employé ? Comment supportes-tu d'être de l'autre côté ?

— L'autre côté de quoi ? s'enquit prudemment Hugo.

— Du pouvoir, tiens !

— Le pouvoir…, répéta Hugo. Vous avez cette notion…

— Oh oui ! Je préfère commander.

— À qui ? À des gens comme moi ? Comme vos ouvriers ? Pourquoi ? C'est grandiose ?

Thève haussa les épaules, de plus en plus agacé.

— Tu finiras crétin, minable, balayeur ! Tu n'aurais pas des idées de gauche, par hasard ? C'est bien porté, chez les enfants gâtés !

Thève s'était mis à rire, content de sa plaisanterie.

— Je me suis renseigné sur les usines Chaley. Belle affaire ! Quatre-vingt-sept employés et des bénéfices substantiels ! Tu craches dessus ? Tout ça parce que ton père n'est pas un héros ? Mais son fils non plus ! Vous êtes quittes…

Hugo avait pâli. Il reposa son verre avec précaution. Thève ne lui laissa pas le temps de répondre.

— Il te faut cinq cents chevaux sous les pieds pour te donner du courage, à toi ! Sorti de là, tu ne sais rien, tu n'es rien ! Tu répètes des gestes appris. Moi j'ai dû tout inventer ! Tu ne penses à rien. Tu subis ! Ne serait-ce qu'en ce moment précis, si tu veux un exemple…

— Vous n'êtes pas avare de leçons ! dit Hugo d'une voix coupante.

— Je ne suis pourtant pas chargé de ton éducation, petit con !

Il s'interrompit parce que le maître d'hôtel, gêné, attendait depuis quelques secondes pour le servir. Dès qu'il se fut éloigné, ce fut Hugo qui reprit la parole.

— Vous aviez davantage besoin d'une tête de Turc que d'un chauffeur et, pour cet emploi-là, vous ne me payez pas assez cher !

Thève se leva d'un bond. Hugo le regardait, sans marquer la moindre appréhension. Thève hésita, mit ses mains dans ses poches d'un geste brusque, puis jeta un coup d'œil autour de lui. Les gens évitaient de lui prêter attention. Il finit par se rasseoir, se sentant vaguement ridicule et se demandant si cette première révolte d'Hugo n'était pas justifiée.

— Je suis désolé, déclara Hugo, toujours très calme.

Thève se mit à manger. Hugo l'observait, contrarié. Il s'interrogeait sur la raison obscure qui le poussait à rester, depuis le début. Le monde n'était pas composé que de gens comme Thève et Charles. Rien ne l'obligeait à choisir entre ces deux-là. Il eut subitement envie de dire à l'homme qui dévorait, malgré sa mauvaise humeur, en face de lui : « Si on joue au plus fort, vous gagnerez encore. Mais si c'est au plus malin… » L'idée le fit sourire. Il savait qu'il ne provoquerait pas Thève. Il avait appris l'essentiel auprès de lui. Ce que ni Charles ni personne n'avait su lui faire comprendre : comment on devient adulte.

— Parle-moi de cet accident, dit Thève en relevant la tête.

Il repoussa son assiette, claqua de la langue selon sa détestable habitude, puis posa enfin son regard sur Hugo.

— Non, murmura Hugo, qui était rebuté par la brutalité de la question.

— Quel âge avait ta sœur ?

Hugo sentit que l'énervement le gagnait. Il ne voulait pas revivre les images de cet incendie jusqu'à la fin de ses jours. Il était parvenu à les faire reculer et Thève les lui remettait en évidence. Il se rebella :

— Qu'est-ce que ça peut vous faire ?

Thève eut un haussement d'épaules agacé.

— Tu raconteras un jour ou l'autre. Tu n'as pas la volonté suffisante pour ce que tu veux, petit ! Et, avec moi, tu es mal tombé.

— Pourquoi ?

Hugo, penché au-dessus de la table, se mesura un instant aux yeux clairs et énigmatiques de Thève.

— Viens, on s'en va, je n'ai pas que ça à faire…

Hugo vit Thève qui sortait ses billets avec son habituelle assurance. Il pensa qu'il le haïssait pour de bon.

10

La nuit tombait lorsqu'ils arrivèrent chez Thève, ce soir-là. Au beau milieu de la cour, une Mercedes blanche, dans la lumière des phares, fit brutalement freiner Hugo. La BM patina sur les graviers et s'immobilisa, un peu de travers.

Hugo, le souffle coupé, regardait la plaque d'immatriculation.

— Tiens, ta famille, dit Thève d'un ton neutre.

Le désarroi d'Hugo était tellement perceptible que Thève lui toucha le bras.

— Viens…

Thève quitta la voiture, en fit le tour et ouvrit la portière d'Hugo.

— Descends, allez…

Marianne venait de sortir de la maison et s'avançait vers son mari.

— Il y a un monsieur qui veut te voir, Thève…

Elle avait son air de souris triste. Hugo remit le moteur de la BM en route. Thève, qui s'était détourné une seconde pour écouter sa femme, fit volte-face au bruit du démarreur. Il tenait toujours la portière et il posa son autre main sur l'épaule d'Hugo.

— Coupe ça et sors de là.

Hugo lui adressa un regard aigu. Thève se pencha et ôta la clef de contact. Il la mit dans sa poche puis il se recula pour laisser Hugo émerger de la BM. Ils suivirent Marianne.

Ils trouvèrent Charles de Chaley assis dans le salon où Marianne l'avait installé. D'un signe, Thève fit comprendre à sa femme de ne pas entrer. Il ferma la porte et alla jusqu'au canapé.

— Thève Maravilliers, dit-il en tendant sa grande main.

Charles ne le regardait pas, hypnotisé par Hugo. Père et fils échangèrent, à travers le salon aux meubles prétentieux, un long regard de curiosité.

— Enchanté, dit enfin Charles machinalement.

Il se leva. Il paraissait bien petit à côté de Thève. Hugo restait contre la porte, comme prêt à fuir. Charles ne voyait que l'effrayante cicatrice sur la joue de son fils.

— Il t'est arrivé quelque chose ? demanda-t-il au bout d'un moment.

— Rien de grave, répondit Thève à la place d'Hugo.

Charles parut découvrir son hôte. Il lui fit un vague signe de tête qui n'était ni un salut ni un acquiescement.

— Je voudrais parler à mon fils, reprit Charles d'une voix plus assurée.

— Allez-y ! répliqua Thève en s'asseyant.

Charles, déconcerté, accorda une réelle attention à Thève, qu'il dévisagea.

— Si vous le permettez, nous allons vous laisser.

Il avait usé du ton d'un homme habitué à ce que la

courtoisie suffise. Thève hésitait mais Hugo répondit, de loin :

— Je n'ai rien à te dire.

Charles eut un sourire crispé. Il n'avait pas quitté son manteau de cachemire bleu nuit depuis deux heures qu'il attendait là. Il l'entrouvrit pour prendre ses lunettes dans la poche intérieure. Il les mit puis regarda de nouveau son fils comme s'il voulait se persuader de ce qu'il avait vu.

— Je n'en ai que pour cinq minutes, Hugo…

Il restait calme en apparence, malgré l'angoisse qu'il ressentait. Il décida de précipiter les choses.

— Vous remercierez Mme Maravilliers pour son hospitalité. Bonsoir, monsieur.

Il marcha vers Hugo, très droit. Thève intercepta le regard affolé du jeune homme, véritable appel au secours. Charles avait pris son fils par le bras.

— Je ne veux pas te voir et pas te parler, murmura Hugo avec une haine que Charles ne lui connaissait pas et qui était bien pire que tout ce qu'il avait pu craindre.

Thève s'était approché. Il passa entre eux, obligeant Charles à lâcher Hugo, et il ouvrit la porte du salon.

— Je vous raccompagne, dit-il.

Il le poussa dehors sans que Charles songe à lui résister. Il l'entraîna jusqu'à sa Mercedes.

— Je crois que vous devriez le laisser. Il est majeur. Il travaille ici.

Thève parlait de manière indifférente. Charles s'appuya contre sa voiture comme s'il était épuisé.

— Sa mère est désespérée, chuchota-t-il. Hugo n'a pas le droit… Ou bien il est devenu fou ! Pourquoi m'en veut-il ?

Il ne s'adressait pas précisément à Thève. Il poussa un interminable soupir.

— Je savais que je ne devais pas venir. Il est encore traumatisé par l'accident. On dirait qu'il me hait.

— Oui, on dirait, approuva Thève.

Charles le regarda.

— Vous avez des enfants ?

— Oui.

Il y eut un silence puis Charles demanda :

— Que lui est-il arrivé ?

— Il s'est battu.

— Lui ? Mais pourquoi ? Et avec qui ? Il ne se bat jamais ! Jamais…

— Eh oui ! Jamais. C'est le problème…

Charles empoigna Thève par son blouson.

— Quel problème ?

— Votre fils, dit Thève en se redressant, c'est un gentil gamin. Seulement voilà, c'est un gamin et rien de plus.

Charles avait dû lâcher prise. Il recula de deux pas. Il semblait égaré.

— Je ne veux pas qu'il reste ici. Il faut qu'il rentre à la maison. Chez lui.

Thève secoua la tête.

— Pas pour le moment.

Charles, malgré sa petite taille, parvint à toiser Thève.

— Pourquoi ?

— Il vous croit responsable de la mort de sa sœur, si j'ai bien compris…

Charles eut un élan, comme pour se précipiter vers la maison. Thève le retint, d'un geste instinctif. Il vit, dans la lueur du projecteur de la cour, le visage crispé de l'homme qu'il empêchait d'avancer.

— Il serait mort aussi…, dit Charles dans un souffle.

Il fit un effort énorme pour se reprendre et ne pas craquer devant cet homme.

— Combien de temps doit-il rester chez vous ?

— Encore quelques semaines.

Charles se racla la gorge et regarda autour de lui. Thève le mettait très mal à l'aise.

— Où… Où habite-t-il ?

Il avait posé la question malgré lui. Il avait besoin de savoir, ignorant les réticences de Thève. Il répéta nerveusement sa phrase :

— Où loge-t-il ? Je veux savoir où il vit !

— Vous voulez…, soupira Thève.

Il hésita, essaya de comprendre l'anxiété de l'homme trop bien habillé qui lui faisait face. D'une simple bourrade, il aurait pu le pousser dans sa luxueuse voiture.

— Venez, dit-il en surmontant son agacement.

Il le conduisit jusqu'à l'annexe de la maison, monta l'escalier étroit et ouvrit la porte de la chambre. Il s'écarta pour laisser passer Charles.

— Là-dedans ? murmura Charles d'une voix étouffée.

C'était pire que ce qu'il avait imaginé. Bien pire. Il pensa que, oui, son fils était fou. Ou stupide. Ou vraiment trop têtu. Il engloba la pièce du regard et n'y entra même pas. Il en avait assez vu. Y compris une paire de chaussettes soigneusement étendues sur le radiateur électrique.

— Si vous saviez…, dit-il seulement.

Thève eut un mince sourire.

— J'imagine très bien, répliqua-t-il avec une insolence voulue.

Tandis qu'ils redescendaient, Charles songea à la salle de musculation qu'il avait fait installer au deuxième étage de la villa de Saint-Cloud, pour sa femme et ses enfants ; et à la piscine chauffée ; et aux boiseries d'acajou que Cécile avait choisies avec amour pour la chambre de son fils, cinq ans plus tôt.

— Quand son contrat expire-t-il ?

Charles s'était arrêté, au pied de l'escalier. Cette fois, Thève le prit par le bras comme pour lui signifier que la visite était terminée.

— Il n'a pas de contrat !

L'agressivité de Thève surprit Charles au moins autant que la réponse. Il marcha jusqu'à sa voiture comme un automate. Hugo n'avait pas voulu lui parler, il s'était réfugié derrière cet individu aux manières détestables dont il était l'employé.

« Je rêve, ça va s'arrêter... », se dit Charles sans aucun espoir. Qu'allait-il raconter à Cécile en rentrant ? Qu'Hugo était maigre, balafré, hostile ? Qu'il vivait dans une chambre minable sous les ordres d'une brute ?

Charles ouvrit sa portière d'un geste maladroit et se heurta au montant en s'installant au volant. Il regarda son tableau de bord et prit une profonde inspiration.

— J'ignore en quels termes vous êtes avec mon fils, mais traitez-le bien et payez-le bien.

Charles n'avait jamais affronté ce genre de situation. Il se força à poursuivre :

— Pour que tout soit clair, si vous voulez, je vais vous faire un chèque...

— Vous devriez partir, monsieur de Chaley.

Thève le regardait, ironique. Charles resta un instant fasciné par le regard glacial et moqueur, par la silhouette gigantesque. Il mit son moteur en marche, jeta un dernier coup d'œil vers la façade de la maison et enclencha la première. Thève claqua la portière. Il regagna le salon à pas lents, écoutant décroître le bruit du moteur. Il trouva Hugo debout, toujours à la même place.

— Merci, dit-il à Thève sans sourire.

Il paraissait fatigué.

— Va te coucher, conseilla Thève.

Il alla se servir un alcool. Il entendit Hugo qui sortait et il eut conscience, à cet instant précis, que le gamin avait pris trop d'importance.

Laetitia, par sa mère, avait appris la visite de Charles de Chaley. Le mystère d'Hugo l'occupait tout entière. Elle pensait à lui du lundi au vendredi, rêvait de lui et, en conséquence, vouait son père au diable, persuadée qu'il était le seul obstacle entre elle et l'homme qu'elle avait choisi.

Hugo l'obsédait, donc, ce qui la rendait tour à tour exaltée ou taciturne. Son père la surveillait toujours avec inquiétude, dès qu'elle arrivait à la gare, sachant qu'elle lui échappait malgré tout.

Thève n'avait pas le courage de se débarrasser d'Hugo. Il évitait soigneusement de s'interroger sur les sentiments confus que le jeune homme lui inspirait puisqu'il l'avait, en quelque sorte, pris sous sa protection. Ses affaires marchaient bien et ses incessants voyages se poursuivaient. Il vivait au côté d'Hugo, dans l'habitacle de la BM, une intimité étrange et intemporelle. La route les replongeait chaque jour dans ce huis clos inévitable où Thève parlait jusqu'à ce qu'Hugo réponde. Et chaque soir le jeune homme découvrait, lorsqu'il allait enfin se coucher, que Thève avait encore forcé ses défenses. La confiance s'installait, malgré lui, et avec elle la vie reprenait tous ses droits, bousculant Isabelle vers les profondeurs de sa mémoire.

L'idée de Laetitia, entre eux, ne les opposait pas, ne les séparait pas. C'était comme quelque chose de convenu, défi toujours remis à plus tard, menace indéchiffrable. Elle était seule à détenir la clef de leur histoire et ils en étaient réduits à attendre. Alors ils attendaient, plutôt contents d'être ensemble.

Un dimanche de la fin mars, il était à peine quatre heures du matin lorsque Laetitia se glissa furtivement dans la chambre d'Hugo. Elle alluma la lampe de chevet sans qu'il se réveille et elle s'assit au pied du lit pour le regarder dormir. Elle résista pendant de longues minutes à l'envie de s'allonger près de lui. Elle gardait les yeux fixés sur la cicatrice qui balafrait une moitié du visage. Incapable de penser à quoi que ce soit d'autre, elle le détaillait comme si elle voulait s'imprégner de son image.

Il remua légèrement et elle s'arrêta de respirer. Il ouvrit les yeux et la découvrit sans paraître surpris.

— Laetitia, prononça-t-il d'une voix basse et tendre.

Elle se jeta contre lui, d'un élan irraisonné, enfouissant sa tête contre l'épaule du jeune homme et murmurant des suites de mots incompréhensibles. Il referma les bras sur elle et se saoula de son parfum.

— Va-t'en, dit-il en la serrant davantage.

Il aurait été bien incapable de la repousser, ou même de la lâcher, tant il avait souhaité ce contact. Ce fut elle qui lui échappa, le temps d'ôter son pull. Il la prit par la taille et la fit basculer sous lui. Il l'embrassa avec toute la douceur dont il était capable jusqu'à ce qu'il la sente se détendre un peu. Il la tenait étroitement, les muscles douloureux, attentif à ne rien brusquer.

— J'ai peur, lui chuchota-t-elle à l'oreille.

Il se redressa sur un coude et laissa errer sur elle son regard doré. Il respirait vite et demanda d'une voix hachée :

— De moi ? Pourquoi ?

Elle ferma les yeux, abandonnée, confiante.

— Parce que je t'aime. Et parce que c'est la première fois.

Il pensa qu'il allait faire une énorme bêtise s'il la gardait une seconde de plus dans son lit. Mais il y avait si longtemps qu'il se contraignait qu'il ne songeait pas à lutter. Il céda à sa passion avec volupté. Il était affamé, insatiable. Il n'avait jamais rien convoité avec une telle puissance, une si formidable joie. Il la voulait et elle était venue jusqu'à lui : le reste ne comptait pas. Il comprit qu'il ne pourrait plus se contrôler davantage. Leur jeunesse les mettait hors de portée, fût-ce de Thève. En posant ses mains sur Laetitia, Hugo accepta d'avance les conséquences de son acte.

Hugo attendait, dans le garage, adossé à la carrosserie familière de la BM. Il patientait, malade d'angoisse, souhaitant et redoutant l'arrivée de Thève. Il avait fumé plusieurs cigarettes dont les mégots jonchaient le sol à ses pieds. Sa résolution de franchise fondait au fil des minutes et l'arrivée – enfin ! – de Thève le fit sursauter.

— Dépêchons-nous, dit Thève en lui adressant un signe amical de la main, je ne suis pas en avance.

Il fut installé sur le siège passager avant qu'Hugo ait pu réagir.

— Alors ? grognait-il déjà quand Hugo se décida à s'asseoir derrière le volant.

Après une hésitation, Hugo mit le moteur en route. Le bruit du huit-cylindres eut aussitôt quelque chose de rassurant.

— Monsieur Maravilliers, il faut que je vous parle, dit Hugo d'une voix détimbrée.

— Bonne idée, ça me changera ! Mais démarre…

Thève semblait de bonne humeur et Hugo se sentit désespéré.

— Tu dors, ou quoi ? Tu peux parler en roulant !

Hugo enclencha la marche arrière et sortit la voiture du garage. Il était conscient de prendre un risque supplémentaire s'il attendait d'être loin pour aborder le sujet. Il savait trop comment les affrontements avec Thève pouvaient dégénérer. Il fit une dernière tentative.

— C'est de Laetitia qu'il s'agit.

Thève siffla entre ses dents.

— Tu l'appelles Laetitia ? Ton discours promet d'être intéressant ! Seulement secoue-toi parce que je dois être à Caen dans trois quarts d'heure…

Hugo embraya et lança la BM sur la route, résigné. Thève regardait défiler le paysage familier.

— Alors ? demanda-t-il au bout d'un moment.

Hugo se crispa.

— Eh bien voilà, parvint-il à dire, je crois que vous aviez raison.

Il avait ralenti, sans y faire attention, et Thève s'énerva.

— Avance, bon sang ! Raison pourquoi ?

Hugo eut l'intuition que Thève savait déjà tout ce qu'il voulait lui avouer. Mais cette impression ne le délivrait pas de l'obligation d'aveu. Hugo lutta contre son appréhension et reprit :

— Vous disiez qu'elle est belle et que si je fais semblant de ne pas la voir c'est que…

— Bien sûr qu'elle est belle ! coupa Thève. Et puis après ? Elle plaît à tout le monde parce qu'elle est jolie comme un cœur. Mais, pour le moment, c'est une adolescente. Elle a bien le temps de s'amuser à séduire. D'ici à ce qu'elle en ait l'âge, tu seras sorti de sa tête. Parce qu'elle te cherche, c'est ce que tu veux me dire ? Je le sais bien…

Hugo s'accrocha à son volant et déclara :

— Oh, non ! Elle ne me cherche plus, elle m'a trouvé.

Le silence qui suivit ne lui apprenait rien sur la réaction de Thève. Il tourna la tête et croisa un regard bleu, dur et indéchiffrable.

— Arrête-toi, tu vas m'expliquer ça.

Thève n'avait pas élevé la voix. Hugo fit glisser la BM sur le bas-côté et l'immobilisa.

— Je t'écoute. Je suis en retard mais je t'écoute.

Avec l'impression irréelle d'être au bord du vide, Hugo dit seulement :

— Je l'aime.

— Et ensuite ?

— Ensuite ?

Hugo prit une inspiration.

— Ce sera comme vous voudrez. Comme elle voudra.

— Ah…

Contrairement à l'attente d'Hugo, Thève restait calme. Il jeta même un coup d'œil à sa montre.

— On y va ?

Incrédule, Hugo le regardait toujours.

— Tu veux ma photo ? ajouta Thève d'un ton qui n'était guère plus agressif que de coutume.

Hugo démarra et reprit la route de Caen. Thève s'était absorbé dans son calepin et ne prêtait aucune attention à la conduite nerveuse d'Hugo. Il sentait la BM déraper sous contrôle mais il ne relevait pas la tête, connaissant trop la maîtrise d'Hugo. En fait, il tentait de réfléchir, attentif à ne pas montrer la rage qui le secouait tout entier. Il se disait avec amertume qu'il s'était trompé sur Hugo, qu'il avait cru son pouvoir suffisant et qu'il avait commis une grosse erreur. Il avait horreur de faire des fautes d'appréciation de cette envergure. Même en sachant que la colère lui faisait toujours commettre des bêtises, il ne parvenait pas à retrouver son sang-froid. Malgré lui il demanda, d'une voix rauque qui surprit Hugo :

— Elle t'a trouvé… Qu'est-ce que ça veut dire, trouvé ?

— Le pire pour vous, forcément.

Thève apprécia la formule. Il regretta d'avoir posé une question dont il connaissait la réponse.

— Donc c'est elle que tu accuses ?

— Elle ? Jamais de la vie !

Hugo s'était défendu avec une véhémence très inhabituelle. Il ajouta aussitôt :

— Mais pour moi il n'était pas temps. Je n'aurais pas osé, c'est tout. Elle a fait ce qu'elle a voulu. Et elle sait ce qu'elle veut…

— Elle ne sait rien ! Rien. Elle est trop jeune et tu es trop con ! Je vais l'expédier au bout du monde, la mettre hors de ta portée et lui faire voir autre chose.

Hugo murmura, parce qu'il le devait :

— Lorsqu'elle aura tout vu, accepterez-vous que je l'épouse ?

— Jamais, bien sûr ! Jamais ! Je t'aurai mis une balle dans la tête avant.

Thève ne plaisantait pas, n'exagérait pas, et Hugo se dit que la suite allait être difficile.

— Gare-toi, lui ordonna brusquement Thève.

Hugo arrêta la voiture dans une ligne droite et mit les veilleuses. Il s'attendait à tout et il était d'accord pour en finir. Thève ne pouvait pas accepter, il le savait. Il le regarda descendre et il l'imita.

— On change de place, annonça Thève en venant s'installer derrière le volant.

Hugo, stupéfait, protesta sans réfléchir.

— Et si vous vous faites arrêter ?

— T'occupe. Monte.

Hugo haussa les épaules et alla s'asseoir sur le siège passager. Il eut à peine le temps de refermer la portière que Thève démarrait et faisait demi-tour en franchissant la ligne continue.

— Vous n'allez plus à Caen ?

Thève ne répondit pas. Depuis des mois il mourait d'envie de conduire, et pourtant il n'y prenait aucun plaisir.

— Vous roulez trop vite, fit remarquer Hugo.

Il connaissait les moindres réactions de la BM et

il constatait que Thève la pilotait mal. Il se sentit nerveux à l'idée d'être conduit par un autre. Depuis l'accident de la Porsche il gardait une angoisse extrême de cette situation impuissante du passager livré à un mauvais chauffeur.

Thève accélérait et Hugo eut la tentation de fermer les yeux. Il vit pourtant arriver le premier virage.

— Vous êtes fou, dit-il entre ses dents.

Thève ne l'écoutait pas, cramponné au volant, ayant choisi de passer sa fureur sur la voiture plutôt que sur le gamin. La BM dérapa et sortit du tournant en mordant sur le bas-côté. Thève n'avait même pas ralenti.

— Il y a d'autres moyens pour se tuer, murmura Hugo.

— Descends si tu as la trouille, riposta Thève sans quitter la route des yeux.

Il passa la cinquième et la voiture parut flotter un instant. Hugo pensa qu'à cette allure Thève ne contrôlait plus rien et qu'ils étaient à la merci de n'importe quoi. L'idée d'un accident le rendit malade. Ils avaient soixante kilomètres à faire pour rentrer.

Thève doubla une voiture sans aucune visibilité. Hugo sentit la sueur qui collait sa chemise à son dos.

— Il faut que je te fasse disparaître de mon existence, grogna Thève, qui continuait d'accélérer.

Il rétrograda en troisième et le moteur protesta. Il embraya aussitôt, eut une hésitation. La BM était déjà déstabilisée avant d'aborder l'entrée de la courbe.

— Accélérez, dit Hugo d'une voix nette.

Il entendit hurler les pneus et il tendit la main vers le volant malgré lui.

11

— Ton père deviendra fou s'il l'apprend ! murmura Marianne en levant les yeux vers Laetitia.

— Pourquoi ? J'ai dix-neuf ans, maman. Papa me croit toujours une petite fille. C'est ridicule… J'ai l'âge d'aimer sans lui demander la permission… De toute façon, c'est celui-là que je veux et pas un autre ! Le reste ne m'intéresse pas.

Tout en parlant à sa mère, c'est bien elle qu'elle tentait de convaincre. Elle n'avait pas le plus petit doute quant à son amour pour Hugo, non, mais elle savait de quoi son père était capable. Pour la première fois, et même sans l'admettre, elle avait peur.

Marianne frottait ses mains l'une contre l'autre. Elle n'était pas en mesure de prendre la défense de sa fille. Thève ne l'écoutait d'ailleurs jamais. Elle se contentait donc de l'admirer et de lui donner raison, depuis toujours. Ou de faire semblant, ce qui était suffisant pour avoir la paix.

— Papa comprendra, tu verras…

Laetitia souriait, ravissante et naïve.

— Je l'aime ! dit-elle encore avec une sorte d'émerveillement.

Marianne pensa, confusément, que Thève aussi aimait le jeune homme et que cela n'arrangerait rien. Elle soupira. Elle rêvait du jour où Hugo quitterait enfin leur maison. Que le mystérieux garçon ait séduit leur fille ne l'étonnait pas puisqu'elle l'avait toujours redouté, depuis l'instant où elle l'avait vu, maigre et silencieux, s'installer au volant de la voiture noire. Cette voiture qui avait été l'obsession de Thève durant des mois. Marianne se souvenait encore de l'attention émerveillée de son mari qui relisait la luxueuse plaquette du concessionnaire tous les soirs. Elle avait cru mal comprendre lorsqu'elle en avait lu le prix. Thève était pire qu'un enfant. Ou alors il avait trop travaillé, durant toute sa vie, et il avait bien fallu qu'il finisse par avoir une récompense à la mesure de sa peine.

Et puis les gendarmes, la rage de Thève et l'arrivée d'Hugo. Que des ennuis ! Marianne regarda sa fille. Laetitia était encore plus belle et plus incongrue que la BMW.

« Il ne faut pas chercher à tout bouleverser. Il a tort, Thève. Il en a toujours voulu trop. »

— Dépêche-toi d'appeler un taxi ou tu vas manquer ton train, se borna-t-elle à dire.

Laetitia lui sourit.

— Je m'en moque bien, tu sais ! Pourquoi ne sont-ils pas rentrés ? Papa avait promis d'être là pour m'accompagner…

— Il a pu être retardé. Sois sérieuse et appelle ce taxi.

— Mais il faut que je lui parle, maman !

— Non, dit fermement Marianne. Tu peux attendre la semaine prochaine. Ton père ne va pas s'envoler. Et Hugo non plus.

Elle avait prononcé le prénom à contrecœur. Elle repensa à l'homme qui avait patienté deux heures dans le salon sans bouger.

« Nous n'avons rien à voir avec ces gens-là… », songea-t-elle.

Charles ne dormait quasiment plus depuis qu'il avait rendu visite à Hugo. Le visage de son fils l'obsédait. Et l'expression de haine qu'il y avait lue. À chaque instant, à cause d'Hugo, Charles revivait la mort de sa fille. Il tentait de ne rien oublier et de faire défiler les images avec lenteur, si insoutenables soient-elles. Il ne se croyait toujours pas responsable. Il avait eu tort de conduire ce soir-là, oui, mille fois oui. Mais il avait sauvé Hugo, il en était certain. Son fils aurait pu atteindre la Porsche, peut-être, s'il ne l'avait pas retenu. Ensuite il y aurait eu l'explosion, de toute manière. Combien de temps avait duré leur lutte silencieuse ? Trente secondes, quarante au plus. Combien de minutes auraient été nécessaires à Hugo pour sortir Isabelle du brasier ?

Charles se laissa aller, une nuit, à refaire tous les gestes du drame, couché sur la moquette de son bureau, un chronomètre à la main. Il n'était pas coupable. Hugo lui devait la vie, même s'il était persuadé du contraire. Mais Charles n'avait aucun moyen de le lui prouver.

À une gentille indifférence dont Charles avait parfois souffert, dans le passé, s'étaient substitués le mépris puis la haine. Son fils, dont il ne savait pas grand-chose, avait choisi la fuite comme punition, les condamnant, Cécile et lui, au pire désespoir.

« Jusqu'à quand Hugo, jusqu'à quand ? »

Il imaginait son fils sans argent, son fils au milieu des beuveries et des bagarres, son fils aux ordres de cet immonde Maravilliers. Et il découvrait avec horreur qu'il n'y pouvait rien.

Il allait de moins en moins à l'usine, indifférent à ses affaires, et il passait des matinées entières à feuilleter de vieux albums de photos. Isabelle et Hugo, main dans la main, s'y amusaient à chaque page. Et à travers les expressions enfantines de son fils, sur les clichés, Charles cherchait sans cesse un regard d'affection.

Thève se mordit la lèvre pour ne pas crier. Sa jambe était parcourue d'intolérables élancements. Il tourna la tête vers Hugo puis il examina l'intérieur de l'habitacle, qui ne lui parut pas trop déformé.

— Ça va ? dit Hugo de sa voix calme.

Thève fut immédiatement rassuré par la manière dont la question était formulée. Il interrogea, à son tour :

— Tu n'as rien ?

— Non. Et vous ?

— Je ne sais pas.

Thève regardait sa jambe gauche en grimaçant. Hugo défit sa ceinture de sécurité puis il libéra Thève de la sienne. L'arbre qui avait arrêté la BM à la fin de sa course paraissait encastré dans la portière, contre Thève.

— Vous pouvez bouger ?

— Non. Pas du tout.

Hugo se pencha pour tourner la clef de contact et le moteur s'éteignit dans un hoquet.

— Je vais aller téléphoner…

Thève le prit par l'épaule.

— Minute !

Hugo attendit sans montrer d'impatience ou d'inquiétude. Thève lui adressa un sourire franc.

— Tu as fini par casser cette voiture…

Il s'était mis à rire, essayant de ne pas secouer sa jambe.

— Dieu que tu es con, petit ! Mais tu as des réflexes…

Sa main pesait sur Hugo, amicale pour une fois.

— Je vous ramène les pompiers, dit Hugo, et ensuite je disparais de votre existence, promis.

— Pourquoi les pompiers ? demanda Thève sans relever le reste de la phrase.

— Pour vous sortir de là… Quitte à découper la tôle.

Thève regarda sa jambe.

— Tu crois ?

— Je ne suis pas expert. Mais je crois, oui.

Hugo plongea ses yeux dans ceux de Thève.

— Ça ira en attendant ?

— Oui.

Hugo sortit de la BM. Il pleuvait et il frissonna. Il vit les traces de pneus, profondément marquées sur une cinquantaine de mètres. Il releva le col de son blouson et gagna la route.

Il avait fallu plus d'une heure aux pompiers pour dégager Thève. Hugo était resté là, lui parlant pour lui faire prendre patience et allant même jusqu'à plaisanter lorsqu'il voyait que Thève s'énervait.

Venus avec un véhicule de secours routier, les

pompiers n'avaient pas jugé utile de sortir leur pince « galégo » pour découper la BM comme une vulgaire boîte de conserve. Trois d'entre eux étaient montés avec leurs bottes boueuses sur le cuir clair des sièges, amusés malgré eux par les protestations du blessé.

La pluie n'avait pas cessé de tomber, durant toute l'intervention, et le médecin du SAMU avait pesté en installant sa perfusion.

À l'hôpital, les radios révélèrent deux fractures du péroné et un écrasement de la rotule. Hugo se chargea de toutes les formalités et accompagna Thève jusqu'à la porte de la salle d'opération. Puis il partit louer une voiture et alla chercher Marianne pour la conduire au chevet de son mari.

Thève, plâtré de la cheville à la hanche, se mit à terroriser le personnel soignant. Il trônait dans un lit qui semblait trop étroit pour lui et sonnait toutes les cinq minutes, furieux d'être condamné à l'immobilité. Il finit, excédé, par signer une décharge, refusant de rester dans ce qu'il appelait une prison. Il quitta l'hôpital sur des béquilles et s'installa, en jurant, à l'arrière de la Peugeot de location. Durant toute la route du retour, il accabla Hugo de questions au sujet de la BM. Avoir abîmé sa voiture le rendait bien plus malade que ses fractures. Marianne, qui se tenait très droite sur le siège passager, pensait avec raison que les deux hommes étaient fous de se préoccuper autant d'une simple voiture, même de ce prix-là, puisqu'il y avait les assurances.

— Ils vont me flanquer une amende vertigineuse pour avoir conduit sans permis !

Il grondait, mais sans vraie colère, heureux d'être vivant.

— Tu rendras cette saloperie demain et tu prendras une Mercedes à la place, que j'y sois à l'aise !

Hugo hochait la tête, amusé sans le laisser voir. En arrivant il dut aider Thève à monter jusqu'à sa chambre.

— Mets-moi le téléphone à portée de main, s'exaspéra Thève, et donne-moi mon calepin, il a dû rester dans mon manteau. Tu l'as récupéré, ce manteau ?

Hugo lui tendit le carnet.

— Tu penses à tout, hein ? Passe-moi aussi mes cigarettes. Et pose-toi quelque part, il faut que je te parle…

Hugo jeta un coup d'œil autour de lui. Il s'assit au bord d'une chaise de tapisserie rose. La décoration de la pièce était vraiment hideuse.

— Écoute, Hugo…

Surpris d'entendre son prénom, le jeune homme avait tressailli.

— Cette jambe, j'aurais mieux fait de me la casser le jour où je t'ai rencontré… Tu es une vraie plaie à supporter… Tu vois où on en est ?

Il laissa errer son regard de glace azurée sur le visage d'Hugo.

— Insensé ! Bon, il y a pire. J'en ai pour des mois avant de reconduire. Entre les flics et les toubibs…

Hugo lui sourit et Thève se sentit gai.

— Je te garderais bien… Seulement il y a ma fille. Si je te vois lui prendre la main, je suis capable de te buter sur un coup de sang, je me connais. Pourquoi ne rentres-tu pas chez toi ?

Hugo ne répondait rien mais ne fuyait pas pour autant les yeux de Thève.

— Je ne sais pas quoi faire de toi…

Ils espéraient autant l'un que l'autre pouvoir sortir de l'impasse.

— Ton père n'est pas si méprisable que tu le crois, reprit enfin Thève. Tu le détruis en connaissance de cause. Mais c'est ton problème.

Hugo baissa la tête et Thève soupira. Il avait rêvé pendant des années d'avoir un fils.

— Si tu veux une chance, il va falloir faire tes preuves, je te préviens, annonça-t-il.

Hugo se redressa et croisa les jambes. Il se sentait prêt à tout entendre, tout accepter, et il se demandait pourquoi.

— Je peux te trouver une place quelque part, enchaîna Thève. Tu peux aussi en dégoter une tout seul. Mais ça ne va pas te mener loin et, surtout, pas vite ! Moi, j'aurais la petite sur le dos pendant ce temps-là… Il y a bien une solution…

Thève observait Hugo. Il avait souhaité autre chose pour sa fille mais il ne savait plus quoi. Ce jeune homme-là n'était peut-être pas le pire qu'elle ait pu choisir. D'ailleurs Thève n'avait pas le choix et il ne s'offrait pas le luxe de douter.

— Travailler avec moi ne sera pas de tout repos ! Et il n'est pas question que je te paie pour t'apprendre le boulot !

Hugo, incrédule, retint sa respiration.

— Pas de salaire, poursuivait Thève, juste un peu d'argent de poche pour tes cigarettes. Tu n'imagines pas les difficultés de ce métier ! Tu commenceras en bas de l'échelle, tu es prévenu. Je vais me décharger des corvées sur toi. Quant aux employés, ils ne t'accepteront pas sur ta bonne mine, compte sur eux pour te compliquer les choses ! Et tout ça ne te dispensera pas de continuer à me conduire pendant encore un moment. Tu en profiteras pour voir comment on négocie un chantier. Je t'offre un job, si tu en veux, mais pas la lune, que ce soit clair.

Thève s'interrompit. Il alluma une cigarette et aspira goulûment la fumée.

— Pour Laetitia… Je le fais pour Laetitia, articula-t-il. Elle est têtue comme une mule ! Mais moi aussi… Ce sera à prendre ou à laisser.

Thève reporta son attention sur Hugo, qui ne bougeait pas.

— Tu peux aussi l'enlever, si tu préfères, et vous pouvez aller crever de faim ensemble où vous voudrez. Je ne vais pas vous poursuivre à cloche-pied !

Il désignait son plâtre, mais sans sourire, juste pour faire diversion. Puis il se décida à poser la question finale :

— Tu as fait ton choix ?

Hugo esquissa un sourire.

— Il y a longtemps, oui…

Ils ressentirent le même soulagement au même moment. Thève prenait en main l'avenir d'Hugo, qui le lui confiait volontiers.

— Vous devriez vous reposer, dit Hugo en se levant.

— Toi aussi ! Des journées pareilles…

Hugo prit un cendrier sur la commode et alla le donner à Thève.

— Tu as quand même fini par bousiller ma voiture, lui dit Thève.

— Il fallait contrebraquer, répondit Hugo, et je n'étais pas à ma main pour le faire.

Thève haussa les épaules.

— Dieu que tu m'agaces, grogna-t-il. Si tu m'avais laissé continuer, eh bien… eh bien…

— À mon avis, nous ne serions pas là pour en discuter.

Thève se mit à rire.

— Possible !

Hugo lui adressa un signe de tête et traversa la chambre.

— Dis à Marianne qu'elle te fasse à manger, dit Thève dans son dos. Et reste donc à la cuisine ! Je ne vais pas te prendre à ma table sous prétexte que tu plais à ma fille…

Hugo ouvrit la porte et se retourna. Il ne savait pas comment remercier Thève.

— Vous parliez d'une amende, tout à l'heure…, commença-t-il.

— Oui. Ils ne vont pas me rater, fais-leur confiance !

— Ce n'est pas le pire.

Thève fronça les sourcils, attendant la suite.

— Ah non ?

— Non. En fait… Vous risquez la prison.

Hugo lui fit un clin d'œil et se hâta de quitter la chambre.

Laetitia eut beau protester, s'énerver, utiliser les grands mots et les menaces, Thève resta sur ses positions. Il voulait qu'elle passe quelques mois à l'étranger, dans l'université de son choix. Il ne gardait Hugo qu'à ce prix, c'était à prendre ou à laisser. Elle cajola son père, le plaisanta, déclara qu'il avait un siècle de retard et alla jusqu'à le menacer de représailles. Mais père et fille s'affrontèrent en vain.

Elle ne céda que lorsqu'elle comprit qu'Hugo était d'accord. Elle ne pouvait pas les convaincre tous les deux à la fois et elle dut se résigner.

Thève se chargea alors d'organiser son départ avec une telle rapidité qu'elle se retrouva dans un avion à destination de Londres avant d'avoir pu réfléchir davantage.

Débarrassé de ce souci – et même un peu étonné d'être arrivé à ses fins –, Thève eut tout le loisir de méditer sur Hugo et sur les conséquences de son engagement. Que ce garçon puisse mépriser l'argent, renier sa famille et refuser la direction d'une usine prospère était un comportement d'irresponsable qui agaçait Thève. Mais il ne remettait pas en question la bonne volonté d'Hugo. Il le sentait prêt à tout pour recommencer sa vie et il était décidé à lui en offrir la possibilité.

Hugo, de son côté, avait cessé de s'interroger. Il s'était remis entre les mains de Thève pour accéder à Laetitia, avant tout, et aussi parce que c'était une façon de se racheter et de se réhabiliter qui en valait une autre.

Hugo ne voulait pas seulement oublier son père mais aussi une existence inepte qu'il avait enterrée avec sa sœur et à laquelle il lui était impossible de retourner.

Il laissa passer deux ou trois jours, après le départ de Laetitia, puis demanda à Marianne, avec une certaine timidité, s'il pouvait monter voir Thève. Leurs échanges quotidiens lui manquaient, il était bien obligé de le constater. Avec un reste d'inquiétude et déjà presque un peu d'amusement, Hugo était résigné à ce que les Maravilliers, père et fille, envahissent toute sa nouvelle vie. Il en concluait que le destin ne l'avait pas conduit là pour rien.

Marianne, un peu réticente, précéda Hugo jusqu'à la chambre de son mari et les laissa seuls. Thève ne marqua aucune surprise en voyant Hugo, trouvant même qu'il avait tardé à venir. Il lui adressa un vague sourire et lui dit brièvement, en replongeant le nez dans son carnet :

— Je fais des comptes.

Hugo patienta quelques minutes avant que Thève ne lève la tête de ses chiffres.

— Tu voulais quelque chose en particulier ?

— Oui, un chèque pour le garagiste.

— Il aura fini quand ?

— Une petite semaine.

— Alors il attendra son argent.

Les yeux de Thève perdirent une seconde leur habituelle froideur lorsqu'il demanda :

— Ce n'était pas trop sérieux ?

— Une aile, une portière, une jante, un bloc optique..., récita Hugo en souriant.

— D'accord ! Arrête... Tu veux t'asseoir ?

— Non.

— Si !

Hugo s'assit et Thève ferma son carnet.

— Dis-moi, gamin... Puisque tu es monté jusqu'ici...

Hugo se releva aussitôt, marcha jusqu'à une des fenêtres et regarda la cour, en bas. Marianne arrachait les mauvaises herbes d'une des plates-bandes.

— Vas-y, l'encouragea Thève derrière lui.

Hugo se retourna et le considéra avec attention.

— Je voudrais vous raconter quelque chose...

— Je sais. La grande affaire de ta vie, c'est ça ?

Hugo eut un nouveau sourire, irrésistible.

— La grande affaire de ma vie, c'est votre fille, comme vous le savez…

— Admettons, acquiesça Thève d'une voix neutre.

Il avait compris qu'Hugo était prêt à se confier pour de bon et il attendait, sans impatience excessive.

Hugo, décidé à se débarrasser de ses remords et de ses terreurs sur Thève, garda son calme tout le temps qu'il parla. L'histoire n'était pas longue. Un accident et un décès qui n'avaient pris que quelques instants, en somme. Même lorsqu'il fut question de Charles, Hugo utilisa un ton monocorde. Thève traduisait sans mal. Lorsque le jeune homme se tut, il lui demanda :

— Ça y est ? Tu as fait le ménage ?

— Oui, mais je voulais que vous sachiez…

— Quoi de plus ?

— Que ce n'est ni par désœuvrement ni par caprice que je laisse tomber.

— Ni caprice, répéta lentement Thève, ni injustice. Tu en es certain ?

— Oui.

— Et si tu commences ici, tu ne laisseras pas tomber à la première occasion ?

Hugo soutint le regard de Thève sans la moindre angoisse. Ils étaient d'accord depuis toujours, au fond, et il n'était pas nécessaire de répondre à la question.

« Piégé, gamin ! » pensa Thève, qui s'amusait.

Thève ne fit grâce de rien à Hugo, l'initiant à tout en même temps et lui imposant un rythme infernal. Hugo établissait les devis avec la secrétaire et la paie des ouvriers avec le comptable. Il assistait à tous les rendez-vous d'affaires où il conduisait Thève et passait des heures sur les chantiers, indifférent à l'antipathie marquée des hommes. Il s'appliquait à participer aux plus ingrates corvées et ne donnait jamais le moindre signe de fatigue. Il vouait à Thève une reconnaissance sans bornes et se sentait capable d'attendre Laetitia des années s'il le fallait.

Tout ce qu'il avait négligé chez les Chaley, il le découvrait là avec un intérêt passionné, sans se forcer. Une authentique envie de comprendre le fonctionnement de l'entreprise le poussait à travailler. Aux anciens privilèges et passe-droits connus avec son père, il préférait cette réalité difficile. Les progrès ou les victoires qu'il obtenait sur lui-même lui procuraient des satisfactions inconnues. Il recomposait patiemment sa personnalité à travers les efforts qu'il était obligé de fournir.

Sentant son besoin de lutte et de challenge, Thève ne lui épargnait rien et le laissait se débrouiller, ne lui tendant une main moqueuse que lorsque le jeune homme se noyait. Il ne lui facilitait aucune démarche et ne lui évitait aucune erreur de jugement, sachant qu'Hugo voulait parvenir seul au but qu'il s'était fixé.

Thève se bornait donc à lui dire, moitié conseil et moitié menace : « Rends-toi indispensable avant que je ne me demande ce que tu fais là ! »

Quitte à perdre sa fille, Thève voulait la savoir en de bonnes mains et, plus égoïstement, il en profitait pour se forger un successeur. Il voyait Hugo tendu vers l'avenir, acharné à se surpasser, et il en riait lorsqu'il était seul. Il avait sauvé Hugo au lieu de le broyer, l'idée était réjouissante. Mais le garçon devait être indestructible pour avoir pu ainsi lui résister sans dommage.

Jamais Thève ne s'interrogea, durant ces longs mois, sur la nature étrange des sentiments qu'il portait à Hugo. Puisqu'il devait lui donner sa fille, au bout du compte, cette évidence empêchait toute question superflue.

12

L'été avait fini par arriver, un jour recouvrant l'autre. Le 31 juillet, les ouvriers quittèrent l'entreprise pour quatre semaines de vacances. Thève se fit conduire à l'aéroport par Hugo. Il ne portait plus de plâtre et boitait légèrement. Il semblait heureux d'aller retrouver sa fille à Londres, et même Marianne adressa un vrai sourire à Hugo en lui disant au revoir.

Thève confia la BM au jeune homme, tout comme il lui avait confié les clefs de sa maison. Il lui fit mille recommandations et, juste avant de s'éloigner vers la salle d'embarquement, il lui suggéra de profiter des vacances pour aller voir ses parents. En tendant son passeport au douanier, Thève suivit des yeux la silhouette d'Hugo qui se perdait dans la foule.

Sur le parking de Roissy, Hugo réalisa qu'il était seul. Le bouclier rassurant – encombrant, exaspérant – que constituait Thève avait disparu. Il regarda la BM comme la seule chose familière à laquelle se raccrocher. Puis, parce que le moment était venu, il prit la direction de Saint-Cloud.

La chaleur assoupissait les oiseaux et nappait le parc d'une brume légère. Hugo s'était garé à l'extérieur du mur d'enceinte. Ce qu'il voyait, au-delà de la grille bleu nuit qui défendait l'accès de la villa, lui semblait familier et pourtant étrange. Renonçant à sonner, il escalada les barreaux comme il l'avait si souvent fait lorsqu'il rentrait à l'aube. En accrochant son jean à un morceau de métal, Hugo se souvint du petit matin où Isabelle avait déchiré sa robe. De quelle soirée revenaient-ils alors, éméchés et insouciants ?

Hugo se laissa tomber sur le sable fin de l'allée, retrouvant un geste oublié. Mais il n'avait plus quinze ans, sa mère ne le guettait plus d'une fenêtre de l'étage, et Isabelle dormait au cimetière.

Il jeta un regard vers le côté gauche de la pelouse, là où Charles faisait installer les meubles de jardin aux premiers beaux jours, mais il n'y avait rien d'autre qu'un massif de tulipes un peu fanées.

Hugo regarda ensuite la façade blanche de la maison. Il avait vécu là vingt ans et il n'éprouvait aucune joie à s'y retrouver. Il grimpa les sept marches du perron et posa la main sur la poignée de la porte. Comme il s'y attendait, elle n'était pas fermée à clef. Il entra chez lui.

Le hall était plongé dans la pénombre, les lourds rideaux de velours n'ayant été qu'à demi ouverts. Rien n'avait changé de place, aucun meuble et aucun bibelot ne manquait. Depuis des mois qu'Hugo vivait dans une chambre sinistre, il avait un peu oublié la douce élégance de son cadre de vie. Sur le bonheur-du-jour, il vit le trousseau de clefs de son père. Il eut envie de faire demi-tour mais il se domina. Il pénétra dans le salon silencieux et le traversa jusqu'à la salle à manger. Le couvert était mis, pour deux, avec l'habituel manque de simplicité.

Hugo revint dans le hall et prit l'escalier. Sa main glissait familièrement sur la rampe de chêne. Lorsqu'il parvint au palier, il s'obligea à ne pas tourner la tête vers la chambre d'Isabelle. Il s'était soucié, durant des années, de savoir si elle était bien rentrée, si ses devoirs ne lui posaient pas de problème…

Il fit encore quelques pas et frappa à la porte de ses parents.

— Entrez ! dit la voix grave de Cécile.

Hugo pénétra chez eux avec un infini sentiment d'amertume. Il vit dans le même instant sa mère – qu'il découvrait d'une effrayante maigreur – se lever pour se précipiter vers lui, alors que son père restait droit et raide là où la surprise l'avait cloué.

Hugo referma ses bras sur Cécile, qui sanglotait contre lui. Il la sentait trembler, essoufflée, il l'entendait répéter des mots sans suite. Il attendit qu'elle se recule un peu et qu'elle le regarde enfin. Il enregistra sa stupeur et lui sourit.

— Hugo… mon amour… que t'est-il…

Elle tendit une main timide vers le visage de son fils mais n'osa pas le toucher.

— Rien, maman…

Charles s'approchait, gêné et indécis.

— Tu es revenu, dit-il d'une voix rauque, je suis heureux.

Hugo lui adressa un bref coup d'œil mais Cécile s'était mise à poser une foule de questions, à sonner la femme de chambre, à parler d'avenir.

Le déjeuner qu'ils partagèrent fut irréel. Cécile couvait son fils d'un regard émerveillé, suspendue à ses rares paroles, hypnotisée par sa cicatrice, et elle se noyait sans retenue dans les yeux dorés dont elle avait rêvé chaque nuit depuis des mois. Charles essayait de parler mais se heurtait à l'hostilité d'Hugo, qui ne lui accordait aucune attention.

Aux interrogations éperdues de sa mère, il répondait par un sourire. Il dut affirmer dix fois qu'il était heureux de la vie qu'il menait. Mais il n'expliqua rien, ne donna aucun détail.

Charles réussit à patienter jusqu'au café puis il déclara qu'il souhaitait une conversation, entre hommes, avec Hugo. Cécile accepta de quitter la salle à manger cinq minutes et Charles se retrouva seul avec son fils.

— Tu as vu dans quel état nous sommes…, commença-t-il. Ta mère a une mine à faire peur, elle ne dort qu'avec des somnifères et, quand elle ne dort pas, elle pleure.

Ce tête-à-tête si longtemps espéré et tant différé parut soudain bien laborieux à Charles. Il se força à poursuivre.

— Pour elle, ton absence était comme un double deuil. Tu aurais dû être là pour la soutenir. J'ai fait ce que j'ai pu. Ton retour va tout arranger, je pense…

Hugo, sans bouger de sa chaise, alluma une cigarette.

— Il n'est pas question de retour, dit-il calmement. Je ne suis venu que pour voir maman.

Le silence tomba et Charles dut fournir un effort considérable pour le rompre.

— Tu ne rentres pas ?

— Non. Je passe.

Charles, livide, s'accrocha au bord de la table.

— Je comprends mal, Hugo. Je ne sais pas ce que

tu as fait depuis tout ce temps, ni quelle est ta situation chez ce type… là où tu vis… Mais tu as changé. Je ne te reconnais pas. Il faudrait que tu m'expliques d'abord les raisons de ta fuite.

Hugo posa sur son père un regard de mépris.

— Tu y tiens ?

Charles baissa la tête, accablé, sachant pertinemment ce qu'il allait entendre.

— Vas-y.

— Bien… Tu n'aurais pas dû conduire, tu avais bu. Et, même à jeun, tu conduis mal. Tu n'aurais pas dû acheter cette voiture. Tu n'aurais pas dû m'empêcher d'aller sortir Isabelle de là. Ta conscience te laisse peut-être en paix mais j'ai payé pour nous deux, tu peux me croire sur parole…

— Tu serais mort aussi, murmura Charles.

— Ou bien elle serait vivante. Une chance sur deux.

— Je n'ai pas réfléchi !

— Moi non plus. Le premier réflexe était d'y aller. Que tu aies pu penser à sauver ta peau ou la mienne…

Charles dévisageait son fils. Ce n'était pas le charmant jeune homme qu'il avait toujours connu. Hugo tel qu'il s'en souvenait n'existait plus. À sa place il y avait un étranger qui le jugeait, qui le haïssait, et avec qui il n'avait rien à partager.

— Je suis retourné sur les lieux, dit Charles comme un ultime argument. J'y ai refait tous nos gestes. Sans tricher, Hugo… Aujourd'hui encore je te retiendrais. Tu comprendras le jour où tu auras des enfants. D'ici là, déteste-moi si tu ne peux pas faire autrement, mais pense à ta mère, quand même…

Les yeux dorés d'Hugo brillaient d'une haine sans

faille. Charles sut qu'il n'avait aucune chance de le convaincre ou de l'atteindre.

— Où en es-tu ? demanda-t-il d'une voix tendue.

Hugo détourna la tête. Son existence ne concernait plus son père.

— Ça va.

Charles chercha en vain quelle question poser pour au moins intéresser Hugo.

— Tu as des projets ?

— Oui.

Charles attendit puis finit par enchaîner :

— Pour cette cicatrice, tu devrais voir quelqu'un.

— Oui. Je le ferai.

Charles avait envie d'aller vers Hugo et de le prendre par les épaules, affectueusement, comme avant, mais il se domina.

— Dîneras-tu ici ce soir ? se borna-t-il à demander.

— Bien sûr qu'il dîne et qu'il dort ici ! s'écria Cécile, qui entrait à cet instant.

Charles pensa qu'elle avait dû écouter toute leur conversation.

— Maman…, commença Hugo.

— Si ! Tu restes ! Juste un peu. S'il te plaît…

Elle avait l'air si fragile qu'Hugo se tut. Elle reprit, d'une voix altérée :

— Et puis, demain, tu verras… Tu es libre.

Il alla jusqu'à elle et la prit dans ses bras.

— Hugo, murmura-t-elle, tu m'as tellement manqué…

Il ne pouvait pas lui résister. Il sentit qu'elle était de nouveau secouée de sanglots. Il lui caressa les cheveux d'un geste apaisant. Au-dessus d'elle, il adressa un regard à son père. Charles eut un vague sourire désabusé.

— Je vous laisse, dit-il.

Il voulait que Cécile puisse retrouver Hugo tel qu'elle l'aimait et il savait bien que, pour cela, il devait partir. Il sortit sans bruit. Son cœur battait à grands coups précipités.

Dès que Charles les eut quittés, Hugo put se laisser aller. Il trouva ce qu'il était venu chercher près de sa mère : le courage de pleurer. Il parla d'Isabelle et osa dire que son souvenir s'estompait peu à peu. Il s'accusa de toutes les lâchetés et elle ne chercha pas à l'interrompre. Il n'évoqua même pas son père, le laissant délibérément hors de leur histoire.

Elle le regardait, le respirait et retrouvait une raison de vivre. Ce qu'il avouait importait peu, il était là et il était vivant.

— Au pied du mur, je n'ai pas de courage, je suis comme lui…

Elle souriait à travers ses larmes, ignorant les propos décousus qu'il confiait.

— Chez cet homme que tu as vu, je suis à l'abri. Entre deux rails et à l'abri. J'apprends à faire front.

Il avoua que Thève lui semblait sa seule famille, à présent, et elle s'étonna à peine de ses sentiments extrêmes et confus. Elle le serra davantage contre elle lorsqu'il parla enfin de Laetitia.

Hugo dormit mal dans sa chambre de jeune homme. Il se rhabilla à l'aube, pressé de quitter une atmosphère qui lui déplaisait. Il prit le temps, cependant, d'ôter les punaises qui maintenaient les gigantesques posters de la F40 et de la Lamborghini Reventon. Il les roula et les rangea. Il enleva les coupes de ses victoires qui encombraient toute une étagère et les posa par terre, ne sachant qu'en faire. Il fit coulisser les boiseries qui dissimulaient une penderie et regarda tous ses vêtements bien rangés. Il soupira et haussa les épaules. Ensuite il se rendit dans la chambre de sa sœur, sans appréhension. Il ouvrit les volets et jeta un coup d'œil sur le parc. Puis il se retourna et observa la soie crème qui tapissait les murs, le lit bateau, le miroir rapporté de Venise et la boîte à musique sur la table de chevet. Isabelle, victime de leur bêtise de mâles, dormait loin de cette pièce pour toujours.

« Qui lui a demandé de monter à l'arrière ? Charles ou moi ? »

Hugo ne s'en souvenait plus. Mais la question avait perdu de son importance. La porte s'ouvrit sans bruit et Charles entra.

— Je savais que tu serais là, dit-il à son fils en essayant de sourire.

Hugo le laissa approcher sans lui répondre.

— Tu es devenu quelqu'un de très silencieux, ce que tu n'étais pas, remarqua Charles. Comme tu vois, nous n'avons touché à rien. Ta mère vient pleurer ici tous les jours et je ne sais pas quoi faire…

— Emmène-la ailleurs, dit Hugo à mi-voix.

— En voyage ? Tu crois ? C'était mon idée…

Charles semblait content de la suggestion d'Hugo. Il croyait y discerner une preuve d'intérêt, enfin !

— Pas un voyage, non, déménagez, allez vivre loin

d'ici. Ou bien démolis ces deux chambres et fais-en une salle de billard ! Qu'elle puisse oublier.

Le même mépris que la veille dominait les phrases d'Hugo. Charles comprit qu'il n'y changerait plus rien.

— Et toi, demanda-t-il en gardant un ton posé, que vas-tu faire maintenant ?

— Partir, évidemment.

— Tu travailles toujours là-bas ?

— Oui. Pour le moment ils sont en vacances et je garde la maison.

Hugo avait parlé de façon presque agressive et Charles se redressa.

— Si tu es content, tant mieux, répliqua-t-il. Chauffeur, concierge, c'est ta vie, c'est toi qui décides ! Pour l'usine, je ne compte plus sur toi ?

Hugo regardait son père bien en face.

— Non.

Charles ricana, sans conviction.

— Quel gâchis, soupira-t-il.

Il se sentait très mal à l'aise devant son fils mais il trouva la force de lui rendre son regard.

— Il te faut absolument un responsable, Hugo ? Moi, l'argent, l'alcool, la Porsche… Mais on ne peut pas revenir en arrière ! Jamais ! Pourquoi n'acceptes-tu pas ?

— Oh, j'accepte, dit Hugo avec calme. J'ai cru que je n'y arriverais pas, et pourtant si. Tu as raison, on ne changera rien de ce qui est fait. Mais il me reste l'avenir, tu en conviendras…

Charles connaissait la suite mais il avait besoin de l'entendre.

— Je ne suis pas dans ton avenir, je suppose ?

— Non… Charles. Non.

Hugo traversa la chambre et sortit sans laisser le temps à son père de répondre. Il dévala l'escalier, pressé de quitter la maison. Il faisait déjà chaud malgré l'heure matinale. Il remonta l'allée en courant et escalada la grille fermée.

Masse noire garée le long du mur d'enceinte, la BM l'attendait. Sachant ce que cette voiture avait fait pour lui, il ne put s'empêcher de lui sourire.

Cet ouvrage a été composé par
Nord Compo

Imprimé en France par CPI
en avril 2015

POCKET – 12, avenue d'Italie – 75627 Paris Cedex 13

N° d'impression : 3011187
Dépôt légal : juin 2015
S25956/01